☑ Annie's life in lists
清单女孩

[美] 克里斯汀·马霍尼 著　肖楚舟 译

新 星 出 版 社　NEW STAR PRESS

新经典文化股份有限公司
www.readinglife.com
出 品

献给我最爱的维伦 ♥ 露西 ♥ 爱丽丝

我的大名安德洛墨达①有五个令人讨厌的地方：

1. 大家都说这是个怪名字。

2. 没人知道该怎么写。

3. 没人知道该怎么念。（你应该这么念："安－多么－大啊"。）

4. 没人能记得住这个名字。（这可能是最让人头疼的，因为我恰恰能记住关于别人的一切。）

5. 大多数人都叫我安妮，但我哥哥总说我的小名应该是"多么"或"大啊"。（哥哥名叫泰德，跟我太爷爷的名字一样。很明显，爸妈把他们天马行空的起名才华都用在了我身上。）

三个我喜欢自己名字的理由：

1. 妈妈说安德洛墨达是她最喜欢的星座。

---

① 英文原为 Andromeda，即仙女座之意，希腊神话里埃塞俄比亚的公主也叫这个名字。

2. 爸爸说安德洛墨达在神话里还是个公主的名字。

3. 我的小名很可爱,叫安妮。

我是安妮。这是我的清单生活。

照镜子时,我能看到的九样东西:

1. 雀斑。很多雀斑。当然,夏天尤其多。

2. 一言难尽的发色。不是美得一言难尽!而是颜色真的难以描述,既不是金色,也不是棕色。我的外婆伊莱恩管这叫"脏金色",我觉得这听起来很别扭。

3. 一双绿眼睛。(这是我最喜欢的部分。)

4. 鼻梁上带有"驼峰"的长鼻子。(这是从我妈妈那里遗传的。)

5. 两颗门牙中间有一条小缝。

6. 几乎永远不变的:一件T恤。

7. 几乎永远不变的:打底裤或牛仔裤。

8. 夏天会有平底人字拖。

9. 冬天则是运动鞋或靴子。

照镜子时，我永远不可能看见的三样东西：

1. 裙子。

2. 超贵的运动鞋。（我妈妈并不"信任"它们。）

3. 柔顺的头发。（我的头发总是有点凌乱，即使我五分钟前刚梳过头，也还是如此。）

三件光凭外表看不出来的关于我的事：

1. 我是个左撇子。（如果你仔细看，可能会发现我左手小指侧面总是有铅笔印，那是我写字的时候从笔迹上面蹭过去留下的。）

2. 我对阿莫西林过敏。

3. 我的记忆力超级棒。

五件关于我记忆力的事情：

1. 在拼写测试和记电话号码这类事情上，我的记忆力跟正常人差不多。

2. 我很容易忘记要带请假条去学校或把作业本装到书包里这种事。

3. 我当然不像小侦探凯姆·詹森那样，拥有能用来破案的过目不忘的记忆力。

4. 只要是关于人的事情，我的记忆力就强得惊人。我记得他们的名字，他们哪天穿了什么衣服，他们的兄弟姐妹都是谁，他们的房子什么样，以及他们的宠物叫什么。

5. 我记得别人身上的小事，而别人从来不会注意到我的事。实际上，学校的一些同学甚至都不知道还有我这个人存在，但是我却可以告诉你他们的名字、最喜欢的运动，他们去哪里度过假，以及午餐吃了什么。

别人对于我记忆力的四条评论：

1. 我妈妈说，这种天赋是家族遗传，我们家有些人就是记忆力超强无比。（她也是个很好的例子。她记得我外祖父母所有堂表亲戚的名字，甚至包括我爸爸的所有堂表亲戚。她的老朋友都说她是大家的"童年搜索引擎"，因为无论何时，只要他们有记不清的童年往事——某位老师的名字、给暗恋对象起的秘密昵称、某个疯狂故事的结局，他们都会去问她。）

2. 我爸爸说我应该为自己能记住这么多东西而骄傲。
3. 我最好的朋友米莉·勒纳认为这很酷，因为：
a. 所有她觉得有意思的五年级男生的名字，我全都可以告诉她。
b. 我记得所有老师的名字。（有一天我一时无聊，翻看了家庭教师协会名录，就全记住了。）
c. 在有人惹到她的时候，我可以给她讲这些人小时候做过的糗事来逗她开心。（比如，米莉刚戴上眼镜的时候，汉娜·克伦兹勒管她叫四眼青蛙，我对米莉说，别把汉娜说的话放在心上，她以前总把泰迪熊的毛塞进自己鼻子里。）
4. 泰德说我的记忆力很诡异，让我看起来像个跟踪狂。

我告诉他，只要多加注意就会发现能了解到的事情多到难以置信。泰德有个习惯，每当他觉得我要说多余的话时，就会用手肘推我一下，尤其是当我记起他或他同年级的某个人的某件往事时，尤其是那个人是某个女孩时。（比如有一次我们在主食超市看见索菲亚·卡尔林，我提醒泰德他曾经说她像《星球大战》里的阿米达拉女王，他当时为这句话重重地踩了我一脚。）

我对于自己记忆力的看法：

1. 我不会对泰德承认这一点，但我的记忆力的确让我有点尴尬。要知道，记得一个人的这么多信息，会显得你对他们非常感兴趣，而他们对你却没有什么兴趣。比如：

> a. 有一次，米莉和我敲了她邻居希拉的门，想告诉她说我们在门厅里找到了她的猫。希拉的儿子皮特三年前曾经在泰德的足球队踢过球，所有的男孩都管他叫"教授"，因为他总是念叨些别人不知道的奇怪的足球小知识。我当然记得这事，所以当皮特来应门的时候，我脱口而出："嘿，教授。我们找到你家的猫咪米腾思了。"他斜眼看了我一秒钟才说："你是谁？"

简而言之，我知道他的外号和他家猫的名字，他却不知道我是谁。尽管我看过他的每一场球赛，他还来我家参加过球队比萨派对，我还是他家邻居最好的朋友，他仍不认识我。你也许会觉得他应该为不认识我而感到尴尬，但事实上我才是那个涨红了脸的人。

> b. 去年开学第一天，我的老师艾伦夫人公开征求意见，问我们该怎么区分班上两个叫艾玛的同学，因为她们姓氏的首字母都是S，我说："可以管其中一个叫艾玛·玛丽，另一个叫艾玛·伊丽莎白。"因为我想起了她们俩

的中间名。那是有一次复活节，公园里有个寻彩蛋活动，她们将中间名写在了自己的塑料篮子上，被我看到了。但很显然，两个艾玛都不记得这码事，因为她们都看着我惊叹道："你怎么知道我的中间名？"我的大红脸又来了。

2. 最近，这成了个严重的问题。我这倒霉的记忆力已经害我被学校开除了，所以泰德真的再也不用担心我说多余的话了。从今往后，我打算对这些事保持沉默。

为了不让别人觉得我奇怪，有四件事情我假装不记得：

1. 一个我只见过一次的孩子的全名。那是在五年前，我在幼儿园时的一次生日派对上碰到的一个孩子。（我还记得他那时不想吃冰激凌，在绑驴尾巴游戏里，他一次也没摸到过那头驴子。）

2. 我和杰西·布鲁内尔在一年级时有一次闲聊，他告诉我他两个月没洗头了。

3. 我的老师住的那条街的名字。

4. 如果在公共场合碰见不认识我的人，我也会假装不记得他们的名字。比如我和妈妈在电影院排队，以前儿童音乐班的同学小艾丹站在我们前面时；或者在公园里听夏季音乐会，学校乐队的主力之一萝拉·莫兰把毯子放在了我们旁边时。（不仅如此，我还装作完全没注意到他们。这并不难，因为他们也没注意到我,而且我认为他们不是装的。)

总之,对于我来说,像碰到艾丹和萝拉时那样保持沉默并不是件难事,因为我本来就是个挺安静的小孩。

四个能证明我有多安静的例子:

1. 去年夏天,在我参加夏令营的第三天,辅导员给我记了个缺席,因为她没注意到我就在那儿。

2. 在幼儿园里,每次需要排队时,我的老师总会说:"让我们看看谁能跟安妮一样安静。"(在我跟妈妈说过这事以后,她就让老师别这么做了。)

3. 住在大厅另一头的邻居哈泽尔夫人,管我叫"安吉"叫了整整一年,但我从没说过什么。(直到泰德有一次听到她这么喊我后,终于纠正了她。)

4. 二年级时,夏洛特·德芙琳每天午餐时都会抢走我的花生酱饼干。花生酱饼干是我的最爱,但我从没对任何人讲过。那一年年底,这件事被米莉发现了,她叫德芙琳立马停止这么做。我和米莉就是这样成为好朋友的。

四个我沉默不语的原因:

1. 我正在倾听。
2. 我正在观察。

3. 我正在思考。
4. 我不知道该说什么。

经常发生的是最后一种情况。我知道其他人会拿他们一起做过的事情开玩笑，但如果我提起我记得的关于某人的什么事情，会担心别人觉得我古怪。或者像被抢花生酱饼干那种情况，我担心别人会不喜欢我。所以我干脆什么也不说。

唯一会让我不小心说太多话的特殊情况：
1. 当我很紧张，而另外一个与我共处一室的人是大人时，尤其当他是个很有权威的大人时。我不知道为什么会这样。我想也许是我觉得，如果我说得够多，就能阻止让我紧张的事发生，无论那是什么事。

我知道在这一点上我没什么特别之处。好多小孩可能都会在跟老师、教练，或者校长独处时絮絮叨叨说个没完。但大多数孩子都没有我这样的记忆力，所以他们的絮叨也没什么大不了的。

我的记忆力——还有絮叨惹出大麻烦的一次经历：
1. 我告诉校长劳伦斯先生，他的弟弟看起来像某个干洗店的伙计。

九个我在劳伦斯先生面前感到紧张的原因:

1. 我以前从没去过他的办公室。(作为一个安静听话的孩子,我不是那种经常被送去校长办公室的学生,可以说之前从没有过。)

2. 他是校长。(见上文:有权威的大人让我紧张。)

3. 我当时是帮我的老师西蒙斯夫人去送信的。

4. 我完全不知道信上写了什么。

5. 在猜测信的内容时,我开始天马行空地想象。

6. 我怀疑这信可能跟《弹球》这本书有关,这书是我从西蒙斯夫人的教室图书角借的,但后来弄丢了,没能还回去。

7. 我怀疑这信是西蒙斯老师在问劳伦斯先生该怎样惩罚我。

8. 接着我又猜想,这信上说不定写的是什么好事呢,比如申请办一场班级派对或者一次郊游,或者申请给最听话的学生颁个奖。

9. 等等……也许最后那个想法并不是什么好事。一个最听话学生奖只会带来尴尬,真的。

总之,你已经明白我的紧张从何而来了。所以我在等劳伦斯先生读信的时候,就开始絮絮叨叨说话了。

我在劳伦斯先生办公室里絮叨的内容:

1. 他的照片。准确来说,是一张他和另一位男士的合影,我是在他的陈列柜里瞄到的。

2. 我说："不好意思，劳伦斯先生，请问照片上的另一位先生是谁？"他告诉我那是他弟弟，我说："他看起来和我们街区的干洗店伙计长得一模一样。"

3. 劳伦斯先生说："你确定吗？"我回答说："是的。他有一只猫叫奥利弗，总是坐在收银台上。我们很久以前去那里给我爸爸洗过夹克，但是衣服取回来后爸爸就不停流眼泪，妈妈觉得是因为衣服上沾了猫毛，让我爸爸过敏了。所以我们就换了一家干洗店。"

我不应该提起这个话题的六个原因：

1. 劳伦斯先生说："我弟弟的确是在干洗店工作，他也的确有只叫奥利弗的猫。但他的店不在我们学校的街区。"

2. 我按理说应当住在学校的街区，但实际并不是。

3. 劳伦斯先生问道："你说我弟弟的干洗店在你现在住的街区？"

4. 我想说"是",却什么也没说出口。

劳伦斯先生并不知道,早在我上幼儿园的时候,我们家就从学校的街区搬走了,因为旧公寓的房租上涨了。根据城市管理条例,泰德可以留在原来的学校,但没法保证能给我在学校的学前班留个位,因为名额非常紧张。爸妈想让我和泰德上同一所学校,所以就没告诉任何人我们搬家了。我们旧公寓的新房客把所有寄给我们家的信件,包括学校来信,都放在玄关的一张桌子上,我们每过一段时间就过去取。

妈妈和爸爸总是说,我们什么时候付得起房租,就会搬回老地方。他们还让我和泰德不要在学校跟任何人提这件事。他们说这没关系的,因为我们很快就会搬回来,但教育局可能不会理解我们的情况。

但爸爸后来没能获得他一直想要的晋升,他和妈妈开始前所未有地为钱操心,我们也就没能搬回去。

5. 在我们以前住的布鲁克林区,学区划分是件大事。突然间我的脸颊开始发烫,肚子里像关了只松鼠。我知道我把我家的秘密泄露出去了。

6. 秘密彻底泄露了。(就暴露在干洗店的柜台上。)

我再也没机会弄清楚西蒙斯夫人给劳伦斯先生的信里到

底写了什么。

干洗店事件后发生的五件事：
    1. 劳伦斯先生打电话问我爸妈，我们是不是搬家了。
    2. 妈妈和爸爸承认了。
    3. 劳伦斯先生说我可以在这所学校念完这个学年，但秋天就必须转学。
    4. 妈妈和爸爸开始时不时地关上门躲在房间里说悄悄话。（有一次我偷听到爸爸说："她怎么会记得干洗店的人？我们都好几年没去那家店了！"妈妈说："我们不能让她觉得这是她的错。"）
    5. 那学期的最后一天，他们向我和泰德宣布了一个重大消息：爸爸找到了一个高速公路项目工程师的新工作。所以夏天我们就要搬去三叶草峡谷镇了，一个开车到城里要七个小时的小镇。

我的家人对搬家消息的三种反应：
    1. 泰德开始争分夺秒地待在他的朋友乔家里。他在家的时候，多半也是把自己关在房里，音乐开得震天响。
    2. 妈妈清理了每个柜子和抽屉，把过去六个月里我们没用过的所有东西都送人了。我必须得在旁边紧紧看着她，确保她不会扔掉什么重要的东西。

3. 爸爸在家待着的时间比平时多了。白天他会帮妈妈打扫卫生,晚上就在网上搜索新工作需要了解的东西。他看起来有点紧张,我猜在小镇里造一条新高速公路跟以往他在城市里做的项目都大不相同。他常常会说起三叶草峡谷镇的生活会有多美妙,我们能在那里干多少有意思的事。(在树林里徒步探险!在湖里划独木舟!在自家后院里烤棉花糖!)

我对搬家消息的五种反应:

1."什么?!"打我出生前开始,我们就一直住在布鲁克林。妈妈和爸爸有时候也会说起想要一栋大房子和一个大院子,但我从没想过他们真的会这么做。现在,突然间,我们就要搬得远远的了?

2.担心。那里的孩子会是什么样?会有人愿意和我做朋友吗?没有米莉我该怎么活?那里会有像米莉一样好的人吗?小镇生活会有什么不同?那里的虫子会更多吗?有熊吗?

3.胡思乱想。

妈妈他们之前说的"我们不能让她觉得这是她的错",是什么意思?难道她认为我们被迫搬家的确是我的错,她只是不想让我为此感到难过?爸爸也是因为我才不得不重新找工作的吗?(我的意思是,我刚对劳伦斯先生说漏了嘴,爸爸就正好得到一份新工作,这难道不是很奇怪吗?)

而且，我还没弄明白爸爸的新工作到底是怎么回事。妈妈的工作很灵活，她是个平面设计师，可以在家工作。但爸爸的工作是不是在高速公路建成后就结束了呢？如果是这样的话，是不是意味着我们之后还要搬回布鲁克林？当我问到这个时，爸爸就会叹气，而妈妈只会说："一次解决一个问题，安妮。一次解决一个问题。"所以我还是没想明白。

4. 多希望我之前没在劳伦斯先生面前说漏嘴啊。
5. 等待泰德不再恨我。

以前我和泰德一起消磨时间的六种方式：
1. 看电视。
2. 吵架。
3. 清洗碗碟。这是每天晚饭后我们俩的工作：我负责洗，泰德负责擦干。我想跟他轮换（我讨厌每天晚上洗碗，手指总会被泡软，而且我老觉得锅怎么也洗不干净），但是他说自己是唯一够得着架子上层并把玻璃杯放回去的人。所以他不得不负责擦盘子，除非我长到足够高。
4. 搭纸杯塔。我们从很小的时候就开始玩这个了。泰德可能有点羞于承认我们还和小时候一样那么爱玩这个游戏（如果玩到一半他朋友来了，他就会把纸杯塔推倒），但我们真的玩得很好。我们搭的塔比爸爸还高。

5. 在视频网站上看野生动物视频。有些视频真的很可爱，比如大象妈妈和小象的故事。但有一次泰德不小心点开了一个视频，拍的是一只熊在攻击拍野生动物纪录片的人，我因此做了整整一个月的噩梦。泰德也因此惹了大麻烦。

6. 听音乐。泰德心情不错的时候，会给我听他最近喜欢的新歌，然后把我最爱的歌整理成播放列表，放进我的播放器里。我的播放列表名字都是这样的：

a. 安妮的果酱（让我高兴的歌）。

b. 安妮跳舞（很显然，这里面都是适合跳舞的歌）。

c. 冷静，妹妹（我生气时听的歌）。

我怀疑泰德因为搬家而生气的四个理由：

1. 如果我们留在布鲁克林，虽然我得转学，但他的生活几乎不会有什么改变。（他已经十二岁，上中学了，对于他来说我们住在哪个街区都没关系。）

2. 他决心已定，明年要去拉瓜迪亚中学上学，那是曼哈顿一所著名的表演艺术高中。

3. 他的古典摇滚翻唱乐队"泰德·齐柏林飞艇"（乐队名字老在变，但这是最新的一个）终于接了几场夏天的小演出。

4. 听说了劳伦斯先生和干洗店伙计的故事后，他咆哮道："为什么你就不能把你那张蠢嘴闭上！"

泰德为搬家这事生气了。对此,我已经毫无疑问。很明显,他认为这都是我的错,而且我也觉得他是对的。都怪我说漏嘴,我们才不得不搬家。

我以前在学校最出名的三点:
1. 我很擅长写东西。
2. 我是米莉的死党。
3. 我从不惹麻烦。

以上几点都不是那种能在年级里出名的特别有意思的事,比如跑步最快,画画最厉害,或有个当电影明星的叔叔之类。所以说实话,很多人可能根本不认识我。但现在这一情况有所改变了。

一个现在让我在学校出名的新事迹:
1. 我害自己被开除了。

我不太确定汉娜·克伦兹勒是怎么听说这件事的,但在我拜访劳伦斯先生办公室的几天后,她在课间休息时跑来找我说:"听说你明年就不能回学校上课了,是真的吗?"我告诉她我们正在搬家,她说:"我听说你害得自己被开除了。"就在这时,上课铃声响了,我们必须回教室了,所以我也没机会再多说什么。但这只是个开头。

五个关于我为什么退学的谣言:
1. 我走进劳伦斯先生的办公室,羞辱了他的家人。
2. 我走进劳伦斯先生的办公室,弄坏了某样东西。
3. 我走进劳伦斯先生的办公室,咒骂了他。
4. 我偷了西蒙斯夫人的东西。
5. 我觉得自己太聪明,这学校配不上我,所以我转去一所专门接纳安静的天才的学校。

每次我听到这些谣言,都不知道该说什么好。它们太荒谬了。所以我跟平常一样,保持沉默。我开始变得比以往任何时候都沉默。我越是这样,就有越多人相信我藏了一个惊天大秘密。我越想降低存在感,关于我的传言就越离谱。

那个学年结束时,我感觉我已经再也不想见到这里的大部分同学了。这对我来说很容易实现,因为我就要搬去很远的地方了。

唯一一个我一定会非常想念的人,就是米莉。

当我告诉米莉我要搬家的时候,她可能会说的三句话:
1. 你不能离开我!
2. 你得留下来!
3. 如果你走了,我就每个周末都去找你!

当我告诉米莉我要搬家的时候,她实际上说的三句话:
1. 你父母一开始就不该撒谎的。
2. 为什么你要把这个秘密一五一十地告诉劳伦斯先生?
3. 我不敢相信你居然因为被学校开除了而不得不搬家。

我回答米莉的三句话:
1. 我不是故意要告诉劳伦斯先生的,这是个愚蠢的错误。
2. 那并不是我们搬家的原因!我们搬家是因为我爸爸找到了一份新工作。(我没有告诉她,我也开始相信我们搬家都是因为我。)
3. 每个人的父母都会撒点谎。你的父母告诉你,这么多年来你养的金鱼都是同一条,但我可以肯定地告诉你,每当金鱼死了,他们就给你换一条新的!

这对我来说算是个相当大胆的举动。米莉总是说我太"软"了（我猜意思就是太容易妥协了），我听到这个评价倒还挺高兴的。我并不介意米莉是我们中制订计划、做出决定的人，她的主意都很棒。

米莉出过的三个最棒的主意：

1. 二年级：把剩下来的万圣节糖果捣碎，撒在做薄煎饼的面糊里面。（这发生在我们第一次一起过夜后的那个早晨）。

2. 三年级：建立野生动物勇士会。作为野生动物勇士会的成员，我们在普罗斯佩克特公园里巡视，搜寻受伤的小鸟、松鼠和花栗鼠，如果找到了，我们就会打电话给公园管理处，向他们报告。我们只找到过两只陷入麻烦的小动物（一只不能飞的鸟和一只一瘸一拐的松鼠），公园管理处的人似乎只觉得好笑，而并不关心动物。但参加野生动物勇士会大多数时候还是挺有意思的。

3. 四年级：做世界上最长的安全绳，就是登山时挂在悬崖上的那种。米莉在夏令营学会制作安全绳后,就想了个主意——做世界上最长的安全绳,入选吉尼斯世界纪录。(我们需要弄清楚是否真有这个世界纪录……我们的安全绳只有不到一米长。作业一多,我们就没法花那么多时间做安全绳了。)

总之,也许我们这样天天黏在一起是有点奇怪,但米莉和我从没有吵过架。尽管她有些想法我并不赞同(我已经受够了满公园跑着去寻找根本不存在的受伤的松鼠,我的手指也因为编绳编得太久磨出了水泡),但我觉得这些都不值得争执。我和她在一起总是觉得很安全,直到刚才。在我朝她吼了关于金鱼的事情后,她很明显不高兴了。

现在,米莉也生我的气了,而且不仅仅是对我生气,还生我们全家人的气。我的内疚清单越来越长了,先来回顾一下。

四年级结束时,我感到内疚的五件事:
1. 在校长面前暴露了我父母的谎言。
2. 在小学毕业前一年泄露了家里的秘密,并导致自己被开除。
3. 让哥哥失去了上音乐高中的光明未来,还可能打乱他后半生的音乐规划。

4.让哥哥不得不离开朋友和乐队。

5.因为说出金鱼的事,无意中伤害了最好的朋友米莉。

似乎短时间内不会原谅我的一个人:

1.泰德。

我感觉他整个夏天就对我说过三句话。

似乎准备原谅我的一个人:

1.米莉。

在她出发去夏令营前的那个晚上,我家门铃响了。是带着一整盒花生酱饼干的米莉。

我们一起在我的房间吃花生酱饼干时米莉为三件事向我道歉:

1.很抱歉那么说你的父母。

2.很抱歉我没有更努力地帮你阻止学校里那些疯狂的谣言。我试过,但它们还是长了脚一样到处乱传,根本停不下来。

3.很抱歉在你跟我说金鱼的事情时,我发了那么大的脾气。我其实也有点怀疑金鱼这事的。

我也为两件事道歉：

1. 我很抱歉说了金鱼的事。
2. 我很抱歉把我们的住址告诉了劳伦斯先生。我不是有意的，但我知道我把一切都搞砸了。

米莉说我不用为这件事道歉，她知道这只是个意外。

我告诉米莉，等到爸爸的高速公路项目结束，我们也许还能搬回布鲁克林。她说："好吧，那我希望他们在乡下干活能快点。"

我和米莉的四个约定：

1. 我们永远都是最好的朋友。
2. 我们不会让其他任何人成为我们最好的朋友。
3. 我们会说服自己的父母让我们常常见面。
4. 我们会一直给彼此写信或发电子邮件。

这个晚上就这样结束了。第二天一早，米莉早早就去了夏令营。我不知道她是不是和我一样，觉得"再见"很难说出口。她看起来绝对是难过的，而我不仅难过，还有点害怕。正如我说过的，只要在米莉身边，我就觉得很安全。当我开始想象没有她的生活时，才发现之前她带给我的安全感有多么强烈。

因为我们要搬家了，妈妈没有给我制订任何暑假计划，我突然感觉自己成了待在布鲁克林的唯一一个孩子。

我度过搬家前几个星期的七种方式：

1. 做了一个双圈友谊手链，去夏令营给了米莉。
2. 尽量避开泰德。
3. 看滑板少年们在普罗斯佩克特公园的露天舞台上玩特技。（滑板在三叶草峡谷镇也这么流行吗？我完全不知道。）
4. 在我最喜欢的冰激凌店吃冰激凌。那是家叫"快乐蛋筒"的小店，我一有机会就去吃。
5. 和爸爸一起骑车去布鲁克林高地，在海滨长廊漫步，努力记住曼哈顿天际线的风景。
6. 在我最爱的有吉日式餐厅庆祝生日，吃了辣金枪鱼和阿拉斯加卷。（我拼命想吃个够，因为爸爸告诉我我们的新住处不会有吃寿司的地方。）
7. 闷闷不乐，这是我妈妈的原话，她一直说我应该给除了米莉以外的朋友也打个电话，但我实在想不到还能联系谁。当然，也有些孩子在学校跟我关系还不错，但他们暑假都有自己的事情要做（日间夏令营、海滨旅行、艺术兴趣班）。如果我不是要搬家，本来也该在做这些事情的。而且，我和米莉每天在一起的时间太长了，根本没有什么时间留给其他人。直到现在我才发现这是个问题。

我在网上搜索三叶草峡谷镇的时候,发现了四件事情:

1. 人口:八千四百三十二人。(我并没有意识到这个数字有多小,直到爸爸告诉我,布鲁克林的人口超过两百万,光我们街区的居民就有五万人左右。)

2. 这个小镇以"东北部三叶草之都"称号为荣。(谁知道那是什么鬼东西?)

3. 每年春天,这个小镇都会举办三叶草节,人们"从四面八方赶来,为美好质朴的三叶草而庆祝"。这很有意思。我从没想过用"美好"或"质朴"来形容三叶草,或者说压根儿没有认真思考过这种植物。

4. 主要的野生动物:松鼠、花栗鼠、狐狸、土拨鼠、鹿、火鸡、浣熊,以及(呃)熊。

搬家工人来的那天,我们在家具底下发现的六样东西:

1. 两本从图书馆借的书(我的),之前我们都以为丢了。
2. 三根不成对的鼓槌(泰德的)。
3. 一张滚石乐队的专辑唱片。(即使我们没有老式唱片机,爸爸"出于怀旧",还是保留了一打老唱片。所以当他发现这张老唱片的时候超级兴奋。)
4. 一张外婆的苏打面包食谱(妈妈的)。
5. 一张米莉写的搞笑旧纸条(我的),她问我想不想在她家过夜,还警告我她爸爸的鼾声震天响,可以穿透整套公寓,在她的房间里都能听到。
6. 我以为已经弄丢的《弹球》,就是从西蒙斯老师那里借的那本书。谜团揭开了。

三叶草峡谷镇搬家公司的人到我家后说的三句话：

1. 哇，这个街区真是酷毙了！
2. 这里跟三叶草峡谷镇那个乡下地方完全不一样。
3. 你们怎么会想要离开大城市？

他们每问一个问题，爸爸脸上的沮丧就更多一些。最后他说："得了吧，伙计们，三叶草峡谷镇也很棒，不是吗？"那些人互相看了一眼，其中一个人去开卡车的后门，另一个人耸耸肩说道："那儿跟这里完全没法比。"

坐上车离开布鲁克林前，我往背包里扔了八样东西：

1. 一支笔。
2. 我的清单本。
3. 一本叫《乡愁》的书。（妈妈说她小时候读过这本书，她觉得我现在应该可以看懂了。）
4. 三根燕麦棒。
5. 花生酱饼干。
6. 一张绘画板。
7. 妈妈的旧音乐播放器。（我正试图让大家都管它叫"安妮的音乐播放器"。）
8. 米莉的那张字条。

在去三叶草峡谷镇的七小时路途中,泰德对我说的四句话:

1. 你坐到我的座位上了。(这句话他大概说了十次。)
2. 把你的音乐声音关小点。
3. 那是我的燕麦棒。(那并不是。)
4. 醒醒,我们到了。

这比他整个夏天对我说的话都多。

在开进三叶草峡谷镇的路上,我注意到的八件事:

1. 这里的街道更宽敞,而且没有车停在路边。
2. 这里的树比布鲁克林的多得多。
3. 教堂也多得多。
4. 这里没有人行道。
5. 有时候我们会因为行驶在前面的拖拉机而减速。
6. 这里的院子更大。
7. 信箱都设在各家私人车道的尽头。
8. 这里的房子也更大。

当我们停在新家门前时,我脑子里出现的三个念头:

1. 这房子有点老了。

2. 这房子挺漂亮的。

3. 这房子是紫色的。

妈妈和爸爸没有告诉我们房子是紫色的两个原因:

1. 他们想要给我们一个惊喜。(他们成功了。)

2. 他们以为我们可能会不喜欢紫色的房子。(我喜欢。泰德不喜欢。)

泰德抱怨这房子的四个理由:

1. 房子的颜色太蠢了。

2. 房子的地板吱呀作响。

3. 房子有股怪味。

4. 房子里的楼梯太多了。

我长这么大以来泰德一共说过的六句关于房子的话:

1. 我们的公寓太小了。

2. 我们要是有栋大房子就好了。

3. 我所有朋友的卧室都比我的大。

4. 这里一点隐私都没有。

5. 我希望我们家不止有一层。

6.家里没有楼梯,玩"彩虹圈"①一点意思都没有。(他大概有五年没说过这句话了,但这也算是一句。)

当我提醒泰德他说过这些话时,他对我说了到达三叶草峡谷后的第一句话:"安妮,不,要,再,记,东,西,了!"

我用了四个办法让他打起精神:

1. 我把车道上的篮球架指给他看。
2. 我告诉他,后院里有条小溪。
3. 我假装惊奇地问:"那是一棵苹果树吗?"(那不是。)
4. 我让他先选房间。

泰德的房间有三个地方比我的好:

1. 他的房间更大。
2. 他的房间独占了整个三楼。
3. 他的房里有个狭小的空隙,可以通向阁楼。

我的房间有三个地方也很棒:

1. 房间里有个飘窗。
2. 天花板上画着云朵。

---

① 彩虹圈(slinky),螺旋弹簧玩具,放在楼梯上会自动"拾级而下"。

3. 紧挨着妈妈和爸爸的房间。(我不会对泰德承认这一点,但我很高兴在这栋又大又吱呀响的老房子里,爸妈就睡在我隔壁。)

爸爸最喜欢新房子的几个地方:

1. 大厨房。

爸爸喜欢做饭,所以他说那些抽屉和橱柜让他非常兴奋。(在布鲁克林,每次他要做大餐的时候,都把东西摊得到处都是,莴苣叶在暖气片外盖上晾干,烤蔬菜放在电视柜上放凉。)

2. 后院。
3. 前院。
4. 篮球架。
5. 私人车道。

每次爸爸从外面进来,都会像发现了新大陆一样,大张旗鼓地告诉我们屋外的某样东西特别棒。("不用找停车位的感觉真是太美妙了!""我不敢相信这么大片草地都是我们的!")我从没见过他这么热烈地赞美过任何东西。实际上,他夸得太过火了,以至于我开始怀疑他是装出来的。(他不知道有多少次我看见他在手机上读《纽约时报》的都市版面,我还留意到他每次打开自己的音乐播放器,选的第一首歌都是《纽约唯一活着的男孩》。)他知道我为让全家搬离城市感到难过,所以假装一点也不想念城市。事实上他已经开始思乡了。

妈妈最喜欢新房子的几个地方:

1. 跟爸爸一样,厨房比以前大这一点让她乐疯了。

2. 有个带纱窗的门廊。(她不停说:"我们可以把这里当作阅读角!")

3. 厨房旁还有个房间,可以当她的办公室。(在布鲁克林她只能在客厅的一个角落做自己的设计工作。在这儿她可以拥有一个完全属于她的空间。)

妈妈和爸爸想要对新房子做的六点改造:

1. 扔掉客厅里又旧又臭的地毯。
2. 更换所有摇摇欲坠的门把手。
3. 修理楼上的一个破窗户。
4. 修理门廊的纱窗,好把蚊子挡在外面。
5. 重新粉刷室内的所有墙壁。
6. 修补漏水的屋顶。

刚搬新家,除了家人外谁也不认识的时候,我只能做这十件

事情：

1. 继续闷闷不乐。
2. 仍然躲着泰德。
3. 爬我们前院里的树。（原来这是一棵山茱萸。）
4. 在山茱萸的树枝上找毛毛虫，让它们在我的手臂上爬着玩。
5. 看"很多很多"电视。（用我爸妈的话说。）
6. 在妈妈身边打转，看她在电脑上做设计。
7. 在妈妈说我"快把她转晕了"的时候，帮她一起把我的房间刷成浅蓝色。（但我们留下了天花板上的云朵。）
8. 帮爸爸给门把手做一个"伤情分类表"，标出哪些把手松动得最厉害。（一旦爸爸开始他的新工作，他每周就不会有太多时间来整修房子了。所以他给我布置了这样一些房屋改造小任务。）
9. 在恐惧中等待开学第一天。
10. 想知道这里会不会给我们家的感觉。

开学第一天吵醒我的四种声音：

1. 我的闹钟。(被我关掉了。)

2. 泰德的闹钟。(他似乎忽略了，或睡得完全没听到。)

3. 一种可怕的金属摩擦声，就像一头机械恐龙正在啃食一辆小汽车。

4. 妈妈的尖叫："关掉它！关掉它！"

五种我最喜欢的声音：

1. 火车驶过轨道的声音。

2. 收到新邮件时，电脑发出的"叮"声。

3. 篮球砸在车道上"砰砰"的声音。

4. 地铁售票员报出我们在布鲁克林住的那一站的声音。

5. 橡实落在我们三叶草峡谷镇的新家屋顶上的声音。

我下楼后看到的两个场景：

1. 爸爸正从厨房下水道里往外掏一大坨湿答答的黄色东西。

2. 妈妈看起来烦得要命，正在手机上猛力敲字。

妈妈不能忍受的几件事：

1. 别人内心明明很在意，嘴上却说"我可以不那么在意"。

2. 我、泰德或者爸爸忘记把衣服口袋里的纸巾掏出来，导致它们被一起洗掉。

3. 走进屋子发现鞋子被扔得遍地都是。

4. 看到别人的车尾贴上写着"我的孩子是优等生"。

爸爸和妈妈接下来冲对方嚷嚷的六件事：

1. 妈妈："我要找一个水管工来。"

2. 爸爸："我们不需要水管工。我可以解决这个问题。"

3. 妈妈："我们之前从没用过垃圾处理机。你对这些东西一点都不了解。"

　　4. 爸爸："要了解什么？"

　　5. 妈妈："好吧，首先，你肯定不能把一包花生扔进去！"

　　6. 爸爸："它们应该可以进行生物降解！"

短暂的停顿后，他们用冷静些的声音谈论了四件事：

　　1. 妈妈："我要给水管工打电话。"

　　2. 爸爸："水管工很贵。"

　　3. 妈妈："餐馆也很贵，如果我们不修好水槽，就得去餐馆吃饭了。"

　　4. 爸爸（在一阵更长的停顿后）："好吧，叫水管工吧。"

　　这时候妈妈才发现我站在那儿。"哦，宝贝，今天是你上学第一天！"她无力地微笑了一下，"我给你做点什么当早餐呢？"

我回答"没事，我吃个苹果就行"的三个理由：

　　1. 爸爸从垃圾处理机中扯出一坨黏稠的糊糊，这让我有点倒胃口。

　　2. 我不想戳在旁边看着爸妈和这栋房子做斗争。他们第一天到达这里时的那种兴奋感似乎有点被消磨掉了。

3. 想到这是我在新学校的第一天，我就不觉得饿了。

我最害怕第一天在新学校遇到的八件事：
1. 新班级。
2. 新老师。
3. 必须不情愿地多说点话。
4. 老师会叫我安德洛墨达。
5. 每个人都会觉得我的名字很奇怪。
6. 午餐。
7. 午餐。
8. 午餐。

一个困扰我的新问题：
1. 妈妈和爸爸对新房子并不满意。

四件我比其他孩子更擅长的事：
1. 就像我之前证实过的，我擅长记住一些奇怪的细节。
2. 织毛衣。（感谢我的佩阿姨。）
3. 打字。
4. 煎双面蛋。

我没有其他孩子做得好的四件事：

1. 吹泡泡。
2. 跳水。
3. 侧手翻。
4. 单手骑自行车。

新学校和布鲁克林的旧学校有五个不同之处：

1. 它只有一层楼。
2. 它更新。
3. 周围没有围栏。
4. 操场旁边有一大片草地。
5. 这所学校是六年制的（我之前的学校是五年制），所以我要多等一年才能当上学校里的"老大"。

新学校和布鲁克林的旧学校相同的一点：

1. 它们闻起来味道一样。你懂的，就是一股糨糊、图画纸、铅笔屑和卫生间清洁剂混在一起的味道。我甚至怀疑全国每所学校都被要求有这股味道。

新学校的辅导老师希尔瓦夫人在新生见面会上对我提的七个问题：

1. 所以你以前一直住在布鲁克林？
2. 你们为什么搬到三叶草峡谷镇来？（我回答：我爸爸

找了份新工作。我爸妈还说住在小镇里能给我和泰德一个更加"自由"的童年。他们就是这么告诉我们的,但我没有告诉希尔瓦夫人,因为我很讨厌这句话。我当然也不会告诉希尔瓦夫人,我们之所以搬家实际是由于我的大嘴巴和我惹出的大麻烦。)

3. 你在学校最喜欢的科目是什么?(我回答:写作。)

4. 你在学校最不喜欢的科目是什么?(我回答:体育,除了打篮球的时候。)

5. 你有什么兴趣爱好吗?(我回答:集邮。但其实不是这样的。我很讨厌别人问我的兴趣爱好,因为我感觉如果我说"列清单",肯定会让他们失望或困惑。所以我通常把听到"爱好"两个字后第一个出现在我脑子里的词当作答案,这次的答案就是"集邮"。我想我大概拥有三张邮票吧。)

6. 你有什么特殊的天赋吗?(我回答:我很会写东西。)

我没有说的是:对随机信息有着惊人的记忆力算是一种天赋吗?完美融入人群,以至于别人都忘了我的存在,这算不算天赋呢?如果算的话,这两样就是我的天赋。我想这些技能总有一天会让我成为一个优秀的间谍。但现在我还不想当间谍。我就这样迎来希尔瓦夫人的下一个问题……

7. 你今年想要实现什么目标?(我回答:我想要提高解

数学题的速度。)

我没有告诉希尔瓦夫人的今年真正想做到的三件事：

1.做一个普通孩子，完美融入人群，不去注意或记住太多事情，也不说错话。

2.让我的家人在三叶草峡谷镇过得快乐，不再在意因我导致全家离开布鲁克林这件事。

3.在学校至少交两个新朋友。(我再也不会遇到米莉那么好的人了，但我觉得我需要试试抱团取暖。储备几个朋友以防万一是个不错的主意。)

我知道这是一个挑战，要怎么在保持隐形的同时交到新朋友？但我也不想像之前在布鲁克林的时候那样，让自己或者其他任何人惹上麻烦。

做一个普通孩子，融入人群，同时交到新朋友的几个办法：

1.……

好吧，我一点思路都没有。如果我能想出哪怕一个点子放进清单，那我在布鲁克林的时候就会照做了……就不用在这里为第一天去新学校而紧张了。

开学第一天,三件本可以不那么糟糕的事情:

1. 我的老师,奥尔布赖特先生,本可以向大家介绍我叫安妮,而不是安德洛墨达。

2. 大家本可以保持安静,而不是说:"哈?他说什么?她叫什么名字?"

3. 当我提高嗓门说"叫我安妮就行"的时候,我的声音应该更大一些,而不该像讲悄悄话一样。

如果我能选择自己的名字,我会选:

1. 米娅。
2. 露露。
3. 瓦内莎。
4. 哈妮比。

开学第一天,四件原本可能会更糟糕的事情:

1. 奥尔布赖特先生本来可以让我们自己选座位,但他给我们指定好了座位。(这样我就不用担心有人跟我说这个座位是留给别人的了。)

2. 奥尔布赖特先生本来可以像有的大人一样,坚持叫我安德洛墨达。但是他听到了我的喃喃自语,明白了他应该叫我安妮。

3. 妈妈本来可能在我书包里放一张让人尴尬的伤感小字

条，就像我小时候她常做的那样。但是她没有放字条，而是放了一个锐滋牌花生酱杯，还在包装纸上画了个小小的笑脸。

4. 我本来可能整个午餐时间都一个人孤零零坐着，但我遇到了左拉。

我了解到的关于左拉的十一件事：

1. 她会写些搞笑的小字条，像她今天早晨在教室里隔着过道递给我的那张："老师刚才说他的名字是奥尔布赖特先生还是'好吧'先生①？"

读完字条后，我有点紧张地四处张望了一下。（上新学校的第一天就在老师眼皮子底下传关于他的字条是非常大胆的举动。）我飞快地在纸上画了个灯泡，在旁边写道："是全都亮，好吧？"②然后又传给了她。

2. 她觉得我也很好玩。（看了我的回复后她咯咯地笑了。）
3. 她很聪明。奥尔布赖特先生让我们两两组队做头脑风暴，给班级守则出主意，她有一些想法真的很棒。（比如我们举不同的手势就代表不同的意思——举起一根手指代表"我想说几句"，两根手指就代表"我有个问题"，等等。）

---

① "奥尔布赖特（Allbright）"音近"好吧（All right）"。
② "奥尔布赖特（Allbright）"可拆成两个词，意思为"全都亮"。

4. 她没有试图让我说太多话。当我告诉她，我不想去讲台上给全班讲我俩讨论出来的规则时，她说："没关系。你可以当记录员。"

5. 她不害羞。当我走进午餐室的时候，她看见我在东张西望找座位，就疯狂地挥动胳膊朝我喊："安妮！过来坐这儿！"

6. 她是个鱼素主义者。意思是所有动物中，她只吃鱼。

7. 她有一只无尾猫。没人知道它是怎么变成那样的。

8. 她有个跟泰德同年级的哥哥，还有个六岁的弟弟。

9. 她的妈妈是在三叶草峡谷镇长大的。

10. 她的爸爸来自牙买加。

11. 她每年暑假和寒假都去牙买加看望住在那里的祖父母。

左拉那张餐桌上还有另外三个孩子：

1. 查理。（他喜欢画《星球大战》中的人物，今天早上上课前戴着一顶软呢帽和一副墨镜。）

2. 扎克。（他非常喜欢谈论乐高积木。）

3. 艾米莉亚。（左拉说什么她都笑，她的午餐盒是心形的。）

艾米莉亚做的四件让我觉得奇怪的事：

1. 当左拉向大家介绍我的时候，她突然转换了话题。

2. 每次她说话的时候都看着其他人，唯独不看我。

3. 当我说奥尔布赖特先生似乎人不错的时候，她翻了个白眼。

4. 她把饼干分给其他人吃，轮到我的时候却看着我说："对不起，我的饼干不够了。我不知道还会有其他人和我们坐一桌。"

开学第一天发生的四件不那么好的事情：

1. 我在去卫生间的路上拐错了弯，一个三年级学生告诉了我正确的方向。

2. 又有三个人叫我安德洛墨达。（体育老师、学校秘书，还有那个护士，她是我去医务室送爸妈忘交的一张医疗表格时碰到的。）

3. 我不知道这里还有下午茶时间，所以没有带任何午餐后吃的东西。

4. 我一直在想念米莉，想知道她在布鲁克林正在干什么。

开学第一天发生的三件不错的事情：

1. 左拉和我分享了她的零食（椒盐脆饼和鹰嘴豆泥）。
2. 我们教室里养了一只名叫哈维的蜥蜴。
3. 我只迷路了一次。

在向妈妈详细讲述我的开学第一天之前，妈妈问我的九个

问题：

1. 学校怎么样？
2. 你喜欢你的老师吗？
3. 其他孩子怎么样？
4. 新学校和布鲁克林的区别大吗？
5. 你的同学都是什么人？
6. 你午饭是和谁坐在一起吃的？
7. 你们午饭时候都聊了什么？
8. 这些孩子已经成为你的朋友了吗？
9. 所有孩子都友好吗？

最后我告诉她：大多数孩子都还不错，只有一个艾米莉亚有点自以为是。我跟妈妈讲了饼干的事情。

妈妈被欺负的经历：

1. 六岁的时候，她被游泳池里一个大块头孩子推到了深水区，她不太会游泳，吓坏了。救生员把她捞了出来，训了她一顿，因为她没有通过游泳测试就跑到了深水区。
2. 九岁的时候，她被班上的一些女生秘密团体拒绝在外。
3. 十岁的时候，她不得不借外婆的墨镜参加学校的"帽子和墨镜日"（因为她没有自己的墨镜），同年级的一个女生嘲笑她的墨镜太土气。

4.十三岁的时候,一个男孩跟她说不会在学校舞会上当她的舞伴,因为她太高了。

听完这些,艾米莉亚的事似乎没那么让人心塞了。但我还是很为妈妈感到难过。

关于开学第一天,泰德告诉妈妈的唯一一件事(在他回自己房间把音乐开得震天响之前):
1.这里不一样。

那天下午我给米莉写了封邮件,讲了三件事:
1.我新老师的名字。
2.午餐时跟我坐在一桌的同学的名字。
3.我觉得这些新同学还不错,但我敢说他们不会像米莉那么有趣。

我不知道最后这部分是不是真的——现在还为时尚短，无法判断一个人是不是有趣。但我不想让米莉觉得我这么快就能交到新朋友。

我住的新镇子和布鲁克林的七个不同点：

1. 人们几乎去哪儿都开车。

2. 这里没有火车。

3. 这附近没有大城市。

4. 我之前的猜想是对的——这里的虫子更多。比如我们地下室里就有蜘蛛。我还听人提过有蛇，所以我也提防着遇到蛇。目前还没出现熊。

5. 我坐公交车上学，以前是走路去的。

6. 这里大多数居民都是白人，其他肤色的人很少。或者说，来自其他国家、拥有不同信仰的人比布鲁克林少多了。（"是的，这是个同质化很厉害的地方。"当我告诉妈妈左拉和她的兄弟们是学校里仅有的黑人孩子时，妈妈叹着气这么说道。）

7. 这里的规则也和从前的不同。

我住的新镇子有三条在布鲁克林没有的规则：

1. 这里管所有成年人都叫"先生"或"夫人"，即使他们不是老师。

2.这里的狗都不拴绳。(我觉得这是一条"反"规则,或者说与规则相反。那些狗都随心所欲地在街区晃荡。)

3.进屋时要摘掉帽子。(这一条对泰德来说格外难以做到,因为他对那顶布鲁克林旋风队棒球帽爱不离头。)

每天放学后泰德把我逼疯的三种方式:

1.打鼓。我是认真的。(他的卧室就在我的上面,噪声没完没了。)

2.练罚球的时候独占篮筐。

3.打一连串响嗝。

妈妈劝我对泰德耐心点的两个理由:

1.他正处于"难搞的年纪"。

2.他从前在布鲁克林有一帮好朋友,而在这儿他还没有"真的和谁混熟"。(我想说我以前在布鲁克林也有朋友!我的意思是虽然我几乎只有米莉一个朋友,但搬家对我来说也不是件容易的事,尤其因为搬家是我造成的。)

为了填补泰德的空闲时间,妈妈和爸爸尝试的四种方法:

1.带我们去三叶草峡谷剧院听免费音乐会,泰德总抱怨说:"这只不过是一群老家伙在演奏班卓琴和大号。"

2. 让他跟一个叫塔伯尔先生的人学打鼓。(这其实是我们搬家后不久爸妈送给泰德的生日礼物。我觉得他们希望这能帮助泰德认识更多人,但结果班上只有他一个。爸爸一直在说,塔伯尔这名字跟一个打鼓老师真是绝配[①]。泰德却一直说这只是另一个不让他尽情"即兴发挥"的老家伙。)

3. 派他打理院子。(泰德指出,有些孩子剪草坪、修树木是能拿工资的。爸爸回答:"那我们家有你这个免费劳动力不是很幸运吗?")

4. 让他叠洗好的衣服。他对此并不擅长。(如果我发现我的袜子和内衣都在T恤袖子和裤腿里,就知道前一天是泰德叠的衣服。)

新学校最让我不喜欢的三个地方:

1. 晨会时候的"转身说话"环节。(见前文:"四个我沉默不语的原因"。)

2. 口头报告。

3. 足垒球[②]。

我们在布鲁克林从没真正玩过足垒球,而是玩壁球或手球,而且通常我都选择和米莉混在一起,在人行道上用粉笔

[①] 塔伯尔(Tapper)有"敲击者"之意。
[②] 足垒球(kickball),按棒球规则进行的非正式足球游戏。

画画。事实上，就算我这辈子有机会加入什么正经的足垒球协会，肯定还是会玩得一塌糊涂。

会吓到我的五样平常的东西：

    1. 瓷娃娃。

    2. 小丑玩偶。

    3. 开罐器。

    4. 钢丝球。

    5. 足垒球。

在新学校，一场平常的足垒球赛中会发生的八件事：

    1. 当一个力量型球员（比如查理或斯嘉丽）走上前去准备踢球时，明星投手巴里·西格勒会大喊一声："退后！"

    2. 所有的外场队员都会后退十五米左右，直到操场边缘。这是因为力量型球员一脚下去力量巨大，能把球直接踢上垒。

    3. 球上垒以后，那一队的每个球员都会大声欢呼。

    4. 轮到我踢球时，巴里喊道："是安妮。"（我承认，跟他开学头几天喊"是新来的那个孩子"比起来，这是个进步。）

    5. 外场的孩子都朝前跑来，在距离我三米的地方围成一个半圆。（因为我踢球没有那么大的力气。）

    6. 我踢了一脚，球飞出去大概一米远，立马就有人接到球，把我触杀出局。

7. 当然，我们队没人欢呼。（另一队的孩子小声欢呼了一下。）

8. 我回到长椅上，和班上另一个对足垒球毫无兴趣的人坐在一起，那是个叫凯特的女孩。

足垒球赛进行时我发现的另外两件事：

1. 查理对左拉表现得格外热情。他欢呼的次数也太多了，这让我开始琢磨他是不是对左拉有意思。
2. 凯特一直坐在长椅上哼小调。

关于凯特的四件事：

1. 她经常哼小调。
2. 她戴眼镜。
3. 她似乎一点也不在意午餐时间做什么。（有时候她和左拉、艾米莉亚以及我坐在一桌，有时候和斯嘉丽双胞胎姐妹俩及乔西坐在一起，有时候又帮着图书管理员奥提斯夫人整理书架。）
4. 她常在校车上看书，对自己坐在哪个座位同样不在意。

我有生以来最尴尬的两个时刻（在今天的足垒球比赛之前）：

1. 幼儿园时放学后我坐在车后座上吮吸大拇指，被我的老师贝尔小姐发现了。

2. 有一次我在邮局排队时抱住了一个陌生人的大腿，因为我把他错认成我爸爸。

我有生以来最尴尬的时刻（在今天的足垒球比赛之后）：
1. 在我踢球时，一件内衣从我的牛仔裤腿里飞了出去。

关于"飞天内衣"事故的十二件小事：
1. 整个早上我都觉得牛仔裤穿着不舒服，尤其是左腿。我跟妈妈提了这事，她说我可能只是长个子了。但我还得赶校车，没时间换了。
2. 跟往常一样，我们是在下午踢球。
3. 轮到我踢球时，外场队员跟平常一样跑上前来迎我的球。
4. 我跑向球，就这一次，我感觉自己真的来了一次货真价实的猛踢！
5. 球向上飞去，向上，向上，飞向空中……还有一样东西也一起飞向了空中。
6. 就在我想为这次最佳踢球欢呼雀跃时，却惊恐地发觉我这一整天都觉得牛仔裤不舒服是因为有东西卡在了里面。那是一件带波点的内衣，都怪世界上最差的叠衣工——我哥哥泰德，它被塞在了我的牛仔裤管里。现在那件内衣不再卡在里面了！不，它飞向了天空……直直地落到伸手准备接球的明星投手巴里·西格勒手中。

7.巴里开始大喊:"内衣!呃,这是内衣!女生的内衣!"

8.尽管这时候告诉他内衣是干净的好像有点不合时宜,我还是试了一把。"哦,对不起,它肯定是被夹在我牛仔裤里了。它不是脏内衣。"我说。

9.巴里把内衣扔到地上,开始咆哮着要找洗手液。

10.每个人都笑得直不起腰来。

11.每个人,不包括超级专注的安吉拉·哈文斯,她抓住球跑上一垒,让我出局了。

12.我捡回自己的内衣,偷偷摸摸回到我的长椅座位上,坐在哼小调的凯特旁边,暗暗下定决心要掐死我哥哥。

两个试图在"飞天内衣"惨剧后安慰我的人:

1. 凯特。(她说巴里总是做些恶心的事情,比如挖鼻屎抹在自己桌底之类的,所以她觉得他活该受到我的内衣攻击。)

2. 左拉。(比赛结束后她来找我,搂住我的肩膀说:"安妮,你可能发明了一个新游戏:抓住脏衣服!"我一再解释说那衣服是干净的,她说:"我知道,我知道。我只是很高兴有人把巴里恶心得下场了。")

一个显然永远不会忘记"飞天内衣"惨剧的人:

1. 艾米莉亚。她笑得眼泪都出来了,而且也的确这么说了:"我永远都忘不了这件事!"

一个最终让我对这起事件感觉稍微好了一点的人:

1. 米莉。

回家后,我没有直接去食品柜拿零食,而是告诉妈妈我要打电话给米莉。

听我说完整个内衣事件后,米莉讲了三件事,把我逗笑了:

1. 你应该告诉他们,这就是我们在布鲁克林的玩法。我们管这叫内衣球。

2. 下次你该在泰德洗澡的时候把他的所有内衣都藏起来。

3. 这没我上次在舞台上演《胡桃夹子》时尿裤子那么糟。

她是对的,我这事没有她的那么糟。尽管她给我鼓了劲,我们的对话却让我更想她了。而且我仍然非常生泰德的气。

当泰德回到家时我对他说的两件事:
1. 你叠的什么鬼衣服!
2. 我玩垒球的时候内衣从牛仔裤裤腿里飞了出来,这都是你的错!

泰德回答我的两句话:
1. 这是我听过最好笑的事。
2. 如果你不喜欢我叠衣服的方式,就自己叠你的衣服。

由此开始,我们的对话走向恶性循环的八个表现:
1. 我指责泰德是个巨大的累赘,整天满屋子发火,因为他一个朋友也没有。
2. 泰德说我们搬到这个他没有朋友的愚蠢镇子都是我的错,在这里他再也上不了音乐高中了。
3. 我跟他说他根本不擅长打鼓,他在这儿交不到朋友是因为他很差劲。
4. 他告诉我左拉当我的朋友只是因为她同情我。

5. 妈妈听见我们大吵大闹，让我们分开冷静一下。
6. 泰德大叫道："我再也不会叠她的衣服了！"
7. 妈妈说："好吧，可以。"
8. 泰德出去投篮了，出门的时候重重地摔上了前门。

就这样我得到了探索"禁地"的机会：泰德房间上面那个低矮的阁楼。

我怀疑泰德的阁楼里可能有的东西：

1. 他从不让我碰的那些东西，比如他的平板电脑，和一对在我们以前的家附近的街市买的小手鼓。
2. 丹叔叔给他的旧唱片。（妈妈说那些唱片里有些少儿不宜的歌词。）
3. 钱。

实际上泰德的阁楼里有的三样东西：

1. 蜘蛛。
2. 他的毛绒恐龙玩具哲罗姆，我以为他早就扔了。
3. 爸妈放在那儿的一盒旧资料。

旧资料盒里三样无聊的东西：

1. 报税表格。（打哈欠。）

2. 账单。（打瞌睡。）
3. 一个标注着"副本/简历"的文件夹。（大声打鼾。）

旧资料盒里两样可爱的东西：
1. 泰德和我以前在学校拍的照片。
2. 泰德和我在幼儿园做的手工作业。

旧资料盒里一样让我感到困惑的东西：
1. 一封爸爸在布鲁克林的旧公司的来信，收信人是爸爸，信的标题写着"解职协议"。

"解职"这个词让我联想到的两样东西：
1. 截肢，切下一个脚趾或手指头。
2. 哈利·波特的魔药课老师西弗勒斯。①

我很确定这封信跟上述两样东西都没关系，但看起来还是不太妙。我本可以问问泰德是否知道这是什么意思，但我们正在冷战，而且我也不想让他知道我来过他的阁楼。但我知道我会记住这封信的。

---

① 哈利·波特的魔药课老师叫 Severus（西弗勒斯），音近 severance（解职）。

我莫名喜欢的九个词:

1. 病态的。

2. 灯笼。

3. 阵雪。

4. 母鸡。

5. 轻哼。

6. 吊床。

7. 羊毛的。

8. 风暴。

9. 不幸的。

我最不喜欢的六个词:

1. 卫生间。

2. 杂务。

3. 随机的。

4. 灰色的。

5. 湿冷的。

6. 美味的。

十月 October

一个刚转学到新学校的孩子面临的五个挑战（除了像午餐找座位和交朋友那些显而易见的）：

　　1. 在要去找校医或者给老师送什么东西时不迷路。（目前为止，我在这一点上做得还不是很好，我的方向感显然一塌糊涂。）

　　2. 认清楚谁是谁。（班里坐在我旁边的两个孩子叫莫莉和玛姬。整个九月，我都以为莫莉是玛姬，玛姬是莫莉。这让以前清清楚楚了解每个人是谁的我感到非常挫败。）

　　3. 在其他孩子异常兴奋地跟"明星老师"打招呼时尽量不要显得太尴尬。（在我从前的学校里也有这样的老师——大家最喜欢的幼儿园老师、有趣的体育老师、很酷的美术老师，等等。）

4. 不要打破学校活动上的潜规则,比如睡衣节(要穿 T 恤和法兰绒睡裤,不要穿睡裙;幸运的是我正好穿对了)和秋天节(弹跳屋是给低年级孩子们玩的,五年级学生应该去玉米迷宫)。

5. 为周末找点事做。

在布鲁克林的时候,每到周末,我要么跟家人去参观博物馆或听音乐会,要么和我父母的朋友,还有他们的孩子一起吃晚餐、去公园野餐,或者去米莉家过夜。有时候所有这些事会都做。但在这里,我们还在探索周末能做的事情。我听其他孩子说起过去朋友家过夜的事,但我知道我在这里还没有那种亲近到能邀请来我家过夜的朋友,也没有人邀请我。所以周末我有很多时间和家人在一起。

在三叶草峡谷镇秋天的周末,爸妈最爱做的五件事:

1. 淘"古董"。(尽管我们的新房子并不是很大,也比以前的公寓大多了。这也就意味着我们的房子里有很多没放家具的空地方,但新家具很贵,所以我们就去旧货商店。妈妈说这些是古董,爸爸管它们叫垃圾。不管怎么说,他们几乎从没找到过物有所值的东西,据我所知,这是他们表达"即使是旧东西对我们来说也太贵了"的方式。)仔细想想,也许淘"古董"只是妈妈最爱做的事情之一。因为爸爸逛到最往往会变得非常安静，回家后就直接拿起他的音乐播放器和巨大的降噪耳机，独自待一会儿。

2. 窥叶。（我不知道为什么要用这个说法，明明我们只是在秋天开车出去看看叶子的颜色而已，又不是悄悄地靠近叶子，或者试图偷看它们一眼。一次我们出去窥叶的时候，我向妈妈指出了这一点，她说她觉得只不过是大家都喜欢朗朗上口的说法。我跟她说"窥叶"并不朗朗上口，她叹了口气说："你问倒我了，安妮。这是个谜。"很明显她不想讨论这个话题。实际上我的父母并不想在我们的窥叶之旅中过多讨论任何话题。妈妈说静静地开着车欣赏树木是一件"引人沉思"的事情。我怀疑她是不是在沉思我们搬家后生活有多艰难，但我没有问。）

3. 清扫树叶。

4. 在他们累了的时候，让泰德和我清扫树叶。

5. 不停地闻空气中的味道，并说："闻起来就像秋天一样！"

在三叶草峡谷镇,泰德在秋天的周末最爱做的一件事:

1. 出去骑自行车,一去就是很长时间,而且每次都正好赶在爸妈要让我们去清扫叶子之前。

泰德去骑自行车的时候错过的一件事:

1. 爸爸差点从屋顶上掉下来。

爸爸几乎要"掉下悬崖"(字面意思)的经过:

1. 他当时正在检查位于泰德房间上方的一块屋顶,他觉得那块可能浸水了。(妈妈想要叫个屋顶修理工来,但爸爸坚持要自己检查。)

2. 在他往房坡顶上爬的时候,脚一滑,滑到了屋顶边缘。他脚跟急刹车,惊险地在翻下去前停下了(但在这个过程中他把排水槽踢松了,一大团发臭的湿树叶落在房前的台阶上)。

接下来的一段对话:

1. 妈妈:"看吧!我这就去叫个屋顶修理工。"

2. 爸爸(试着用咯咯笑挽回面子):"嗬,好吧!"我猜这场比赛的结果是,爸爸零分,房子一分。

我没有说出来,但我心里觉得房子的得分还应该更高一点，如果算上之前堵塞的垃圾处理机、上周夹了他手的窗子，还有那面被他不小心从墙上掰下来的浴室镜子，因为他以为那是药柜的门。可怜的爸爸。

三叶草峡谷镇的秋天最让我喜欢的一点：

1. 到目前为止，是那些树叶。我必须承认它们的确很美。城市里的树木从不像这里的树木一样变换颜色。清扫树叶是件沉闷的事情，但偶尔我会发现一片非常完美的树叶，就将它夹在我们那本厚重的老字典里。

在三叶草峡谷镇，秋天里我最喜欢的消遣：

1. 看橄榄球赛。（尤其是周五晚上在三叶草峡谷镇高中给橄榄球队加油。）

在搬到三叶草峡谷镇之前我去看橄榄球比赛的次数：

1. 零次。

橄榄球赛在布鲁克林的确算不上什么大事。我的意思是，有时候爸爸会在周日看看电视上的橄榄球赛，但他并不是个超级球迷。我更是从没关心过橄榄球。（"超级球迷"是我最近才学到的一个词，三叶草峡谷镇的很多人都是超级球迷。）

大多数三叶草峡谷镇的人一年去看球赛的次数：

1. 五次，如果你只是个普通球迷且只看主场比赛。
2. 十二次，如果你是个超级球迷且看所有比赛。

我大部分朋友的家人似乎都是普通球迷，除了查理家。他父母是后援俱乐部的会员，会带查理和他哥哥去看所有的客场比赛。查理说他爸爸告诉他，如果他在高中没能加入橄榄球队，就会"有好受的"。哎哟。

爸妈要带我们去看比赛时唯一一个表示拒绝的人：

1. 泰德。

他说橄榄球很无聊，而且他还要做作业。（我觉得，妈妈和爸爸怀疑他只是不想跟父母一起去，因为像他这么大的孩子都跟朋友一起去的。至少我觉得这是他们的想法。他们没有逼他，但还是交换了一个我看不懂的眼神。）

我和爸妈第一次去三叶草峡谷镇高中看球赛时，五件让我们看起来格格不入的事情：

1. 我们穿着平时穿的衣服，没穿队服。

2. 我们没有带白绿相间的花球。

3. 我们没有带超大绿色塑料泡沫手指。

4. 我们不知道球队的加油口号。

5. 我们没有和周围的人聊天。（实际上，我们没有和任何人聊天，因为我们谁也不认识。）

那一天帮我们救场的三个人：

1. 左拉。

2. 左拉的妈妈。（穿着一件三叶草峡谷镇高中校友夹克。）

3. 左拉的爸爸。（他牵着左拉的小弟弟杰克逊站在露天阶梯看台上，告诉他不要用泡沫手指敲别人。）

左拉一家"救"我们的五种方式：

1. 他们坐在了我们旁边。（左拉发现我在看台上后，疯狂地朝我招手，然后把她的父母带到了我们这里。）

2. 他们把我们介绍给了周围的人。（我知道左拉的性格遗传自谁了，她们家没有一个人是害羞的。）

3. 左拉的妈妈把多出来的花球给了我和妈妈，让我们看起来有了点球迷的样子。

4. 左拉的爸爸给了我爸爸一张球赛简介，便于他辨认球员。（左拉的爸爸说他是从左拉的哥哥马库斯那里拿到这张简介的,但是马库斯不知去哪里找他的朋友玩了,所以爸爸可以留着它。)

5. 左拉的妈妈告诉我们,半场休息的时候我们最好不要离开座位,因为鼓号乐队跟橄榄球队一样棒。(她是对的,乐队表演是我最喜欢的部分。)

看完球赛回家的路上妈妈说的六件事(顺便说一句,三叶草峡谷镇队赢了):

1. 这不是很好玩吗?
2. 谢天谢地,左拉看见了你。
3. 她家人真是太好了。
4. 她哥哥是不是跟泰德一样大?
5. 也许我们下次可以说服泰德一起来。
6. 我感觉我们今晚了解了很多关于这个镇子的事情。

听上去她不只是高兴,而且像是松了口气。我突然意识到,我的父母有时候也需要应对"新生挑战"。对于我来说,下一个需要解决的新生难题近在眼前:万圣节。

布鲁克林没有,而三叶草峡谷镇有的另一条规则:

1. 万圣节的时候你不能扮得太吓人。

我考虑的五种万圣节装扮：

1. 愤怒的啦啦队长。
2. 疯狂科学家。
3. 巫师医生。
4. 腐烂的南瓜。
5. 邪恶小仙女。

我问左拉这些是否符合学校"不能太吓人"的规矩，她说可以，只要不出现血或武器就应该没事。她赞成我扮成邪恶小仙女。我采取了这个方案，因为我已经有一对翅膀了，那是我一年级扮普通仙女的时候用的。（而且，离万圣节只剩两天了，妈妈告诉我她没法在那之前给我做一套全新的服装。我也知道买一套新的是根本不可能的——这段时间，每次泰德想要点什么新东西，妈妈都会提醒他"搬家是很费钱的，我们还在努力攒钱"。我从没要过新东西。妈妈总是说她很感激我是那么"不在乎物质"。我想我只是比泰德更理智一些，我不会索要不必要的东西。我还留意到妈妈已经很久没有理发了，还有，她和爸爸比以前更经常地倒空他们的零钱罐。总之，我明白这时候去找爸妈要新东西不是个好主意。）

左拉提出的一个关于邪恶小仙女的想法：

1. 她们的发型应该很"疯奇"。（她说"疯奇"就是"疯狂"和"奇异"的组合。)

今天之后我新的最尴尬时刻:

1. 头发里卡着一把梳子参加万圣节游行。

十五件导致我这次窘游行的小事:

1. 当奥尔布赖特先生说我们可以合上数学练习册,开始为游行做准备的时候,我告诉左拉我不确定她所说的"疯奇"发型具体是怎样的。
2. 她说她可以做给我看。
3. 左拉把我的头发绕着尖尖的皇冠缠来缠去,妈妈用染黑的松果做了这个皇冠,以打造我的邪恶造型。
4. 中途左拉不得不停下,去卫生间修复她猫服上的胡须。
5. 我告诉她剩下的我可以自己完成。唯一没完成的地方就只有我额头前面的头发了。
6. 我试着把这缕头发像左拉那样环绕在皇冠上,但似乎怎么都不太对。
7. 我把梳子塞进皇冠底下,试图借此对付那一大把头发。
8. 梳子卡住了,完全动不了,皇冠也是,我的头发也是。
9. 左拉从卫生间回来了。
10. 奥尔布赖特先生告诉我们要排队去参加游行了。
11. 我告诉他我的梳子卡住了。

12. 他简单地试了一下，想把梳子解开，但没能成功。左拉也没成功。

13. 他建议我告诉别人我的造型是"头发仙女"。

14. 我问他我能不能在游行的时候留在教室。

15. 他说不行。

其他班的孩子在游行队伍里看见我时的两种反应：

1. 那个新来的孩子本来要扮什么？

2. 嘿，有把梳子卡在你头发里了！（不是在开玩笑。）

左拉在我前面走着，不停说的一句话：

1. 她是个邪恶的头发仙女！你们最好注意点！

于是我也只好微笑了。左拉是个很好的朋友，尽管给我弄这个"疯奇"的发型是她的主意。

在这之后让万圣节变得稍微好过点的五件事：

1. 左拉问我想不想放学后去她家，她可以帮我弄好头发。

2. 她还问我之后想不想跟她一起去讨糖。

3. 她告诉我艾米莉亚和她表哥会在他们自己的街区讨糖。（我很高兴艾米莉亚不会跟我们在一起，跟左拉开些私密玩笑，或者对每个人提起我的"飞天内衣"事件。）

4. 我要第一次去左拉家了。

5. 妈妈说讨完糖后我也可以带左拉来我们家玩。

左拉家很酷的四个地方：

1. 她家后院有棵橡树，最高的树枝上挂着一个轮胎做的秋千。

2. 她妈妈做的燕麦曲奇饼好吃极了。

3. 左拉和她兄弟们的卧室墙上贴满了图画，有些是从杂志上剪下来的，但大部分都是他们自己画的。（左拉房间里的图片大多都是猫，她哥哥画了很多吉他，她弟弟的房间里大多数是有着自己落款的简笔自画像。）

4. 她家有两个房间里都放置着精心搭成的毛毯堡垒，都是左拉的哥哥马库斯给弟弟杰克逊搭的。

我们在左拉的房间里吃燕麦曲奇饼时，左拉说的三件事：

1. 你对内衣事件还在意吗？（我说：基本上不在意了。）

2. 别担心，其他人都已经忘了。

3. 现在他们都在谈论其他事情了，比如谁喜欢谁的八卦。

左拉举的三个八卦的例子：

1. 安吉拉喜欢德瑞克。

2. 泽维尔喜欢凯拉。

3. 雷蒙德喜欢奥利维亚。

一个我知道的八卦，但对于左拉来说已经不是新闻了：
1."我觉得查理可能喜欢你。"

如果听说有谁喜欢我，我会做出的三种反应：
1. 脸红。
2. 肚子咕咕叫。
3. 索要证据。

左拉在我提到查理喜欢她的时候做出的两种反应：
1. 哈，我知道。大家都这么说。
2. 他只是我的朋友，这没什么。不过，他外婆要是知道他喜欢我会疯掉的。

查理的外婆住在查理家，负责放学后照看他，她比其他祖父母更热衷于接送孩子之类的学校事务。她有一头黑色的短发，用定型喷雾弄得整整齐齐，还总是面带不太自然的笑容，那笑容也像是用定型喷雾固定的一样。

我问为什么查理的外婆会介意这个，左拉给我的一个理由：
1. 因为我是个黑人。

得到这个回答后,我问左拉的两个问题:

1. 你是认真的吗?!(我必须承认我很震惊。在布鲁克林,我认识的很多孩子的父母都来自不同种族。而且我们才五年级,喜欢上谁并不意味着什么。但左拉似乎一点也不惊讶。)

2. 你是怎么知道的?(左拉回答说:我妈妈跟他们家很久以前就认识了。她和查理的妈妈三年级时是同班同学,她们班上当时只有两个黑人孩子,另一个孩子叫卡尔。查理的妈妈过生日时在自家的泳池举办派对,全班同学都被邀请了……除了我妈妈和卡尔。我外婆给查理的外婆打电话,问她这是怎么回事,他外婆回答说:"这是个泳池派对。我相信你会理解的。")

我听完这个故事的四个反应:

1. 我没听明白。(左拉说她一开始也没明白,但后来她妈妈告诉她,那是她们那时候的观念,有些人认为和其他肤色的人在一个泳池里游泳不好。)

2. 这一点我也不明白。(左拉:我也不懂。)

3. 这真是太过分了,你妈妈真可怜。(左拉:对,这对她来说是段特别糟糕的回忆。她当时真的很难过。那个周末我的外祖父母带她去马戏团玩,想让她不再想着这件事。现在马戏团总让她想起那场生日派对,但也让她想起父母是多么爱自己。)

4. 也许查理的外婆现在变了。(左拉:我很确定她还是老样子。每次我看见她,她都一副冷冰冰的样子。不过无所谓……也许这能让查理永远把他的感情藏在心里。)

但我怀疑左拉是否真的觉得查理的外婆"无所谓"。她妈妈和那场生日派对的故事真的是我有生以来听过最让人伤心的事情了。(和这相比,妈妈从前受欺负的经历都显得没什么大不了了。)

打断我关于左拉妈妈的思绪的三件事:
1. 左拉的爸爸突然在门口探进脑袋说:"嘿,Z,你知道现在几点了?"
2. 左拉看了看她的钟表,跳起来说:"我们该去讨糖了!"
3. 接着她又说:"爸爸,你说过今年我可以跟朋友们单独去,你们不跟着,对吗?"

她爸爸叹了口气说:"是的,我想我答应过你。"我给我爸妈打了电话,他们也同意了。

那天晚上我经历的四个"万圣节第一次":
1. 第一次没有爸妈跟着去讨糖。
2. 第一次去一户户人家敲门要糖果,而不是以前在城市里那样去敲商店或公寓的门。

3. 第一次跟泰德及他朋友以外的男孩一起讨糖。(我们在第三户人家碰到了扎克和查理,他们后来就一路跟我们一起。)

4. 第一次碰到真正的鬼屋。

这栋鬼屋和我以前去过的鬼屋的不同之处:

1. 这一栋鬼屋不是家长教师协会赞助的。

2. 这栋鬼屋里没有意大利面做的蠕虫,也没有剥了皮的葡萄做成的眼珠。

3. 没有戴着橡胶面具的高年级学生来应门。

4. 根据左拉、查理和扎克的说法,这是一栋货真价实的鬼屋。

他们说这栋房子闹鬼的五个证据:

1. 打他们记事起,这栋房子就被木板围起来了,但有时候前门却神秘地开着。

2. 没人看到过有谁从里面出来。

3. 很多年前,有个大学生为了给清洁水源法案收集签名而走进了房子的前门,此后就再也没人见过她。

4. 只有房子阁楼的窗子没有被木板遮住,如果你仔细看,有时候会看见一个苍白的身影从窗前飘过。

5.如果你在万圣节之夜去敲门,会听见门里传来可怕的尖叫声。这个街区的每个孩子都会在第一次独立去讨糖时试着敲敲这栋房子的门。具体到此刻,也就是我们。

那一刻我脑中闪过的五个想法:

1.这听起来很吓人。

2.这是非法入侵住宅。

3.妈妈不会喜欢这个主意的。

4.扎克跑得不快,如果我们需要尽快逃跑,这可能会成为一个问题。(我知道这一点是因为他和我在五十米短跑测试那天分在一组。我比很多人都跑得慢,但比扎克快。)

5.难道你们不只是想去讨点糖吗?

那一刻我实际说出的一句话:

1.呃,你们是说现在就去?

结果我还是跟着去了。事实证明我对交不到朋友的恐惧大于对鬼屋的恐惧。

我们在鬼屋听到的七种声音：

1. 屋前的铁门被推开时发出的嘎吱声。
2. 沿着小径慢慢走向屋子时我们自己的呼吸声。
3. 蹑手蹑脚踏上朽坏的门廊台阶时更多嘎吱嘎吱的声音。
4. 不知是谁的爸爸在人行道上大喊："嘿！你们这些孩子在那儿干什么呢！"
5. 扎克转身时踩到一道烂掉的台阶，脚陷进地板发出的轰隆撞击声。
6. 查理大喊"快跑"的声音。
7. 我和左拉帮扎克把脚从地板里拔出来时查理逃走的脚步声。

我们在鬼屋没听见的声音：

1. 可怕的尖叫声。（扎克的尖叫不算。）

在那之后，我们只去了五家要糖果的四个原因：

1. 扎克停下脚步，大声质疑查理在门廊那里扔下他逃走的事。
2. 查理一再辩解说他透过窗子看到了一个鬼影。
3. 扎克一瘸一拐的。
4. 扎克有点流血。最后我说，这里离我家不远，可以去我家给扎克包扎一下，检查他的脚踝。

我在万圣节之夜的五个最佳收获：

1. 锐滋牌南瓜花生巧克力。
2. 黄油花生酱巧克力棒。
3. 书呆子牌糖果。
4. M&M 巧克力豆。
5. 塑料巫师鼻子。

我在万圣节之夜的五个最糟收获：

1. 铅笔。
2. 燕麦棒。
3. 苹果。

4. 黑甘草。

5. 玉米糖。

我知道有些人喜欢玉米糖，但我不喜欢，左拉也不喜欢。不过我妈妈喜欢，所以在去我家的路上，我告诉左拉我们可以把玉米糖给我妈妈。

跟我的家人相处一小时你会注意到的五件事：

1. 我妈妈有一点点口音，她在北卡罗来纳州长大。（她并不介意这里的人都管成年人叫先生和夫人，她说她从小就是这么叫的。）

2. 我妈妈非常聪明，但是有点健忘。实际上我跟她有点像。她能记住有关几十年没见的人的小细节，但买菜回家后会忘记把鸡肉放进冰箱里。她工作的时候会心无旁骛（这时候很难引起她的注意）。

3. 我爸爸真的很喜欢《哈利·波特》。有时候我觉得这很好玩，但有时候也觉得这有点古怪。

4. 我爸爸还很爱音乐，很爱。他一走进屋子或者一坐进车里就要打开音乐，有时候妈妈都被弄烦了。（她也喜欢音乐，但她没法每时每刻都听，尤其是在工作的时候。她说音乐会"把她的思考空间挤得满满当当"。自从我们搬家后，就没怎么出现过这个问题了，因为最近爸爸通常都戴着耳机听音乐。我猜他不像以前那样喜欢和别人分享他的音乐了。)

5.除了打鼓的声音,我觉得你可能都不会发现泰德的存在。自从我们搬家后,他就总是一个人待在屋子里。他甚至没有为万圣节换装,这可是他以前最喜欢的节日。在布鲁克林的时候,他总是和朋友们一起装扮成一整组人物,比如涅槃乐队的成员,《蜘蛛侠》里的所有反派或者其他类似的人物。今年他只和往常一样回到家,进了自己的房间。

在我家发生的三件好事:
1.扎克的伤口只需要一个创可贴和一个冰袋就解决了。
2.查理把他的南瓜花生巧克力给了我,因为他对花生过敏。
3.妈妈没有问任何人太多问题。

在我家发生的四件让人尴尬的事情:
1.爸爸看见我们讨到了这么多糖后脱口而出:"梅林的胡子啊[①]!"这是他最喜欢的一句《哈利·波特》的台词。
2.我们走进屋的时候,妈妈正跟着她的约翰尼·卡什唱片大声哼歌。
3.客厅里的地毯被揭掉了一块,露出下面粗糙的复合地板。(当爸爸和妈妈揭掉地毯一角却发现下面不是光滑的硬木

[①]这是《哈利·波特》中魔法世界的感叹语,梅林是伟大的魔法师,这句相当于我们的"我的天啊!"

地板时,他们失望极了。现在他们还在想该怎么处理,所以地面就成了现在这样。)

4.左拉问有没有人记得是谁给了我们燕麦棒,爸爸说:"我敢肯定安妮记得!她记性好得不得了!"(我的确记得,是迪布莱尔夫人给的。她住在另一个街区的一栋黄色房子里,有一对双胞胎孙子伊森和安德鲁,今年四岁了。她穿着一条黑裙子、一件红毛衣和一双毛茸茸的拖鞋,在给我们燕麦棒时她说:"万圣节来点脆的!"但我说我不记得了。左拉对我滑稽地挤了一下眼睛。)

朋友们离开后,泰德对我说的一句话:
1.你完全记得谁给了你那个燕麦棒,对吧?

我想回赠给泰德的两句话:
1.对,我记得。
2.你知道什么是解职协议吗?为什么爸爸有一份解职协议?

实际上我对泰德说的一句话:
1.你为什么暗中监视我们,你这个怪人?我要去睡觉了。

但在那之前我要查一下邮箱。在布鲁克林的时候,万圣节总是一年中最棒的一天，我想看看米莉有没有给我报告点什么。

米莉的万圣节有四件事听起来不错：

1. 今年市政府多封闭了三个街区，方便大家街区巡游。（万圣节街区巡游是我最想念的事情之一，跟平常那种人们站在街边看着花车和乐队走过的巡游完全不同。尽管一开始会有一点点类似，但主要是和成百上千人一起走在街上，互相欣赏万圣节礼服，跟认识的人打招呼，互相交换糖果。）
2. 今年有人踩着高跷扮成喷火的巨龙。
3. 她和另两个孩子扮成了叉子、刀子和勺子。（我暗自思忖着另两个孩子是谁，米莉似乎在这里漏了重要的信息。）
4. 她的父母让她在巡游队伍里玩到了十点半。

我告诉米莉我的万圣节有三个很棒的地方：

1. 我扮成了一个邪恶的仙女。
2. 我和朋友们独自去讨糖了，没有父母跟着。
3. 我去了一个真正的鬼屋。

我没有告诉她，我们没有真的进入那栋鬼屋。我想，我和米莉都漏掉了一些细节。

十一月
November

新房子里出现的三种奇怪的味道:

1. 烧木头的烟味。(自从爸爸第一次在壁炉里生火时忘记打开烟道后,这种味道就在屋里弥漫了很久。)

2. 油漆味。(妈妈和爸爸大概每个月要刷一个房间的墙壁。最近刷的是餐厅,他们想赶在感恩节前完工。)

3. 一种神秘又强烈的味道,最后我们终于确定那味道来自压在泰德书包最底层的半块过期的火鸡三明治。

泰德在把书包整个倒过来清理的时候,掉出来的五样东西:

1. 两本书(《麦田里的守望者》和《诸神之锤:齐柏林飞艇传奇》)。

2. 大约七张揉皱的纸。

3. 半块恶心的三明治。

4. 两根鼓槌。

5. 三个吉他拨片。

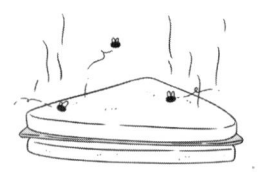

我看到这些时自然而然想到的两个问题：

1. 你怎么能把三明治忘在里面？

2. 你现在还在弹吉他吗？（他回答说：不。我只是在收集拨片。）

于是我告诉他左拉的哥哥也弹吉他，他只说了句"我知道"，但表情有点怪怪的。

此刻我书包里装的十一样东西：

1. 一个活页夹。

2. 一个线圈笔记本。

3. 我要还给凯特的一根头绳。

4. 一块独角兽形状的橡皮，独角兽的角尖上破了一点。

5. 一份家长教师协会的通讯，我一直忘了给爸妈看。

6. 左拉和我在室内休息的时候一起画的几张外星人画。

7. 一根压碎的燕麦棒。

8. 一瓶可能只剩下一滴的洗手液。

9. 几根断了的铅笔。

10. 一块小石头，是我在车道上捡到的，因为我觉得它有点像乔治·华盛顿，所以就留下了。

11. 一张希尔瓦夫人送我的法国邮票。（也许你还记得，我告诉她我喜欢集邮。）

在最近一封给米莉的信里我写的五件事：

1. 五年级班长选举的情况。（毫无意外地，左拉以压倒性优势当选。）

2. 艾米莉亚不经意提到我的"飞天内衣"事故并哈哈大笑的次数。（根据最新统计是七次。）

3. 一个新消息，妈妈说如果我能读完五十本书就让我打耳洞。（二十五本由我选，二十五本她选。）

4. 一根新的秋天色调的友谊手链。

5. 一个手形火鸡。（就是把手的轮廓描在纸上，然后画成火鸡的样子。）

尽管我们已经不是幼儿园小朋友，我还是给最好的朋友画了手形火鸡的一个原因：

1. 这是个传统。米莉每年感恩节都去加利福尼亚州的祖父母家过一个星期，我们总是在她出发前交换手形火鸡。这是米莉的主意，我们从成为朋友的第一年就开始这么做了。当时我因为见不到她闷闷不乐了一整个星期。

我没在信里告诉米莉的四件事：

1. 昨晚我上床睡觉后，不小心听到爸妈又在说账单的事情。妈妈发邮件给她城里的工作伙伴，希望能接到更多订单，爸爸打算要求新公司付给他更多加班费。我不知道我到底为什么没把这件事告诉米莉。倒不是因为怕她觉得我们窘迫——我的意思是，她知道我们是因为房租上涨搬离了布鲁克林的公寓。但这些日子，钱的问题越来越多地被提起，这不是什么我想跟朋友谈论的话题。（尤其是一个像米莉这样的朋友，她家人总是住在大公寓里，每年都去很棒的地方度假。）

2. 我开始偶尔在午餐时去学校图书馆找妈妈为"耳洞挑战"推荐给我的老书。如果凯特也在那里，我就会跟她聊聊天，帮她整理书架。（我不知道为什么我没把这件事告诉米莉。也许是因为在布鲁克林的学校里，我们从不主动去图书馆消磨时间。跟凯特在一起挺好玩的，但很难说清为什么。）

3. 有一天左拉和凯特都请病假没来上学，我就在卫生间的一个隔间里吃了午餐，这样我就不用跟艾米莉亚和那些男生坐在一起了。（查理和扎克人都不错，但他们还不足以缓解我和艾米莉亚之间的隔阂。）

4. 我听见艾米莉亚在校车上问左拉，她能不能在班级选举时当左拉的竞选主管（左拉说"当然可以！"），之后我的肚子疼了一路。（我想当竞选主管吗？不。但根据我肚子的意见,我大概也不愿意让艾米莉亚当。)

感恩节到来前我没能从米莉那里收到的两样东西:
　　1. 回信。
　　2. 她的手形火鸡。

　　她的确给我发了一封简短的邮件,里面写着:"很抱歉我今年没有时间做手形火鸡。我正在赶去机场。感恩节快乐!"哼。但我会努力不让一封逊爆了的邮件毁了我过节的心情。

今年的感恩节让我兴奋的两个原因:
　　1. 我们之前的公寓太小了,没法在家里开感恩节派对招待客人,但今年,我们有足够的地方让整个大家庭的人都来过节,甚至还可以容纳几个人过夜。(我对此感到非常兴奋,但妈妈和爸爸有点吓坏了。他们比平常更在意房子布置得怎么样,还开始争论是买更多枕头,还是让大家带自己的枕头

来。虽然他们没有明说,但我知道这又是因为我害得全家搬家,才给他们惹出的烦恼。)

2. 我可以和妈妈的妹妹佩内洛普阿姨睡一张床。(不管我因为搬家、爸妈和泰德的事情多么自责,佩内洛普阿姨总是能让我感觉好起来。)

四种最棒的体验:

1. 周六的早晨。
2. 来自父母以外的人的赞美。
3. 有人在一件你并不擅长的事情上称赞你。(比如:"安妮,你球踢得真远!"我到现在还在等这句话。)
4. 父母说:"今晚就订个比萨好了。"

三种最糟糕的感觉:

1. 反胃。
2. 被木片扎到。(其实,我并不确定糟糕的是刺痛本身,还是想象一小块木片扎进皮肤的画面。想想都哆嗦。)
3. 得到坏消息后的第二天醒来。(因为一开始你已经忘记了那个坏消息,感觉这只是个普通的早晨。然后大脑开始慢慢提醒你,这感觉就像你又重新把这倒霉的坏消息听了一遍。)

我最喜欢佩内洛普阿姨的七个地方（泰德和我一般叫她佩阿姨）：

1. 她的头发特别长，几乎要盖到屁股了，尽管她一般都把头发挽起来。我小时候最喜欢做的事情之一，就是看着她把头发拧成一根长长的"绳子"，然后绑一个结。她的头发实在太长了，所以只要打个结，不需要发卡、皮筋或其他任何东西固定也不会散。

2. 她在我七岁的时候教会了我怎么给洋娃娃做被子。

3. 她是老师，很了解我这个年龄的孩子读的书，总是给我推荐最好的书。

4. 屋子里出现大批瓢虫时，她从不叫驱虫公司来，她让瓢虫就那么待着。所以它们一团团聚集在厨房天花板上的吊灯旁边，就像在海滩上晒日光浴一样。

5. 她来看我的时候，总会带给我一大盒瓢虫，可以养在我原来养蝴蝶的箱子里。

6. 她明白做妹妹的感受。妈妈试着理解我，但她永远也不会真的明白，因为她从没有过佩阿姨和我这样做妹妹的经历。

7. 她从不对我安静或害羞的性格说三道四。

感恩节派对上说我太害羞的五个人：

1. 罗斯奶奶。

2. 伊莱恩外婆。

3. 马克爷爷。

4. 丹叔叔。

5. 沙琳阿姨。

那天晚上佩阿姨教我织毛衣时问我的五个问题：

1. 你很清楚我知道你不是一直都这么安静，对吗？（我回答：是的，跟你聊天轻松多了。）

2. 到目前为止，新房子最棒的一点是什么？（我回答：我有更多机会骑自行车，紫色的外墙很酷，还有学校的同学左拉和凯特都很不错，但她们没有米莉那么好。米莉仍然是我最好的朋友。）

3. 对你来说最难的是什么？（我回答：我想米莉。我没告诉她的是：我为害得全家搬家而感到内疚。）

4. 你最想念米莉什么？（我回答：就是和她一起玩的那些时光，还有在学校和她互相传字条。）

5. 你觉得泰德喜欢这里吗？（我回答：他讨厌这个地方。）

佩阿姨告诉我的五件我以前从不知道的关于她的事：

1. 她在像我这么大的时候，也随家人一起搬去了一个新的镇子。

2. 她决定把这当作一个成为全新自己的机会，她让大家叫自己奈尔。（她觉得这个昵称比佩妮更好。）

3.有一天在校车上，有人听见妈妈叫她佩内洛普，所有的孩子都开始问她为什么要撒谎说自己叫奈尔。

4.有那么一阵子，大家都在传一些关于她的疯狂谣言，就像在旧学校大家传我的谣言一样。（跟我不同的是，佩阿姨是在新学校里被传谣言，关于她的谣言主要是：她之所以会告诉别人一个假名字，是因为我外公在他们以前的镇子上抢了银行，全家都在逃亡。）

5.后来她开始打网球，这样交到了朋友，慢慢地大家也就不信那些疯狂的谣言了。

我说她应该把这个故事告诉泰德，她说她会的。

我想过要不要告诉佩阿姨旧学校里那些关于我的谣言，以及别人猜测的那些我被开除的原因。但最后我觉得，这只会又让我想起那些讨厌的感觉。也许，如果我不再谈论自己在布鲁克林搞砸的事情，才更容易在三叶草峡谷镇重新开始。而且这时，我脑子里涌出了一件更重要的事。

在和佩阿姨一起织毛衣时，我问她的一个问题：

1.什么是解职协议？（她顿了很长时间后才说：我觉得你应该问你爸妈。）

然后她转换了话题，告诉我说如果我想念跟米莉传字条的时光，也许应该试着在这里给一个新朋友写字条。

我在感恩节之夜给左拉的字条上写的五件事：

1. 我从佩内洛普阿姨那里收到了十只新的瓢虫。

2. 我削了二十个土豆。

3. 和泰德掰许愿骨的时候，我拿到了更大的那一块，所以我应该可以愿望成真。当然，我没有告诉左拉我许了什么愿，也没说它永远不会成真。（我许的愿是：我希望米莉永远不会交到新的好朋友。）

4. 泰德在打鼓的时候打碎了一个杯子。

5. 我很高兴我们不用上学，但我知道明天我就会开始觉得无聊，因为佩阿姨明天一早就要回家了。

我把字条折起来，在外面写上"从 A 到 Z"①。

第二天发生的五件出人意料的事：

1. 两只瓢虫从木箱里跑了出去，开始像罗斯奶奶说的那样在我的卧室天花板上"安营扎寨"。

2. 伊莱恩外婆去购物了，买了一块小地毯把我们客厅里那块暴露的木地板盖了起来。妈妈跟她说不必这么做的时候，

---

① 原文为"From A to Z"，英文信件收寄人的写法，其中 A 代表安妮，Z 代表左拉。

她回答说:"这是给你们的乔迁礼物。"

3. 天气变得比往年的十一月更暖和,我不用穿外套也可以出门。

4. 左拉打电话来问我能不能骑车去她家。(这是我爸妈最喜欢三叶草峡谷镇的地方之一,我们可以骑着自行车去任何地方。)

5. 当我到左拉家时,发现艾米莉亚也在。

关于艾米莉亚,我注意到的五件事:

1. 她的字写得很好看,简直可以做成一套字体。她每写完一个字就会端详一下,再进行调整。

2. 她有十套不同的完美套装,每天上学换一套,两周循环一次。比如,周一:猫咪图案针织衫和红短裙;周二:黑色连衣裙,黑色打底裤,银色靴子;周三:领尖带扣子的粉色衬衫,闪闪发亮的打底裤;周四:印有"摇滚巨星"字样的T恤,牛仔外衣,褐色短裙;周五:印着爱心的运动衫和牛仔裤。

3. 她的书总是在课桌里按照大小整整齐齐地摞在一起。

4. 她的铅笔都是圆柱形的(不是那种黄色六边形的),带着粉色的橡皮。

5. 她总是带着樱桃味的止咳糖,像吃真正的糖果一样随便吃。(我咳嗽的时候,妈妈总让我吃药味很浓的止咳糖,并且每天只能吃两颗。我并不是想多吃,而是它们真的很像药。)

我感觉艾米莉亚见到我很不高兴的三个原因:

1. 我到的时候,艾米莉亚一眼就看见了我的自行车筐里给左拉的字条。她甚至没跟我打招呼就说:"从 A 到 Z?那是什么?"

2. 我告诉她这是我写给左拉的感恩节字条,她翻了个白眼说:"是关于清教徒的故事之类的吗?"

3. 整个下午,她都在跟左拉谈论我不认识的人以及我搬来三叶草峡谷镇之前发生的事。

我很高兴能够回家,趴到床上,在毛绒动物玩具的陪伴下看《寻找某处》(佩阿姨最近推荐给我的一本书)。

我最想给我的毛绒动物玩具起的六个名字:

1. 羊驼多莉。
2. 小狗科米特。
3. 袋鼠乔伊。
4. 小猪迪斯科。
5. 小鹿米娜辛。
6. 娜塔莎。

泰德说这些听起来都像是乐队的名字。妈妈说这话从泰德嘴里说出来就是一种赞美，我应该欣然接受。但我觉得他只是想要惹恼我。

我已经改掉的奇怪习惯：

1. 咬指甲。
2. 睡觉前把毛绒动物玩具整整齐齐地在床尾摆成一排。
3. 用袖口擦嘴。
4. 戴着手套抓萤火虫。（我很怕它们会电到我。）
5. 每次冲完马桶都飞跑出卫生间。（我内心深处一直有种恐惧，觉得会有个幽灵而不是水从马桶里冲出来。我知道这想法很疯狂。）

我仍然需要克服的奇怪习惯：

1. 无聊的时候，我会把头发紧紧地缠在手指上，直到手指发紫。
2. 把手指掰得咔咔响。
3. 所有动作都要对称。（比如我挠了左耳朵，就一定要再挠挠右耳朵，即使右耳朵并不痒。）
4. 每次喝水都换一个干净杯子。（我其实不觉得这是个奇怪的习惯，但这让妈妈很抓狂，所以我告诉她我会想办法克服的。）

十二月 December

我今天提前结束午餐的四个原因：

1. 餐厅里弥漫着鱼柳的腥味，这让我开始犯恶心。

2. 艾米莉亚唠叨个没完，不停地说她下次预约美甲的时候应该在指甲上做个拐杖糖或者雪人，这也让我开始犯恶心。

3. 左拉开始忙着写给她祖父母自己的生日愿望清单。（她寒假要去牙买加看望祖父母，在那里度过自己的生日，所以奶奶想知道她想要什么礼物。）

4. 我要去图书馆找妈妈最近推荐给我的一本书——《黛西之歌》。

我在图书馆看到的五个人：

1. 正安静地坐在电脑前打字的图书馆管理员奥提斯夫人。

2-4. 三个在后面角落里窃窃私语的六年级男生。(我知道其中有两个叫莱昂内尔和詹姆斯,他们跟我坐同一辆校车,而且其他孩子老是提到他们的名字。第三个男生我不认识。我很确定他们都不认识我。)

5. 正在生物图书区整理书本的凯特。

看到我后,凯特大声对我低语的三句话:

1. 这边、这边!嘿,安妮!
2. 你来这里闲逛还是找书?(我回答:都有,真的。)
3. 什么书?

就在这时,奥提斯夫人从电脑后面抬起了头。我挪到凯特身边,告诉她我正在找《黛西之歌》。

"那是辛西娅·沃伊特写的。"她说,"去V开头的那排找找。"

我顺着凯特手指的方向发现的两件事:

1. 一个高高的书架上面标着"小说 S-V"。
2. 那三个六年级男生正好站在那排书架前。

我接下来产生的八个想法:

1. 莱昂内尔、詹姆斯和我不知道名字的男孩正好站在我要去的书架前。

2. 他们看起来不像很快会走开的样子。

3. 实际上,我不知道名字的那个男孩刚刚蹲下身,靠在书架底部,开始翻阅一本《世界图鉴》。

4. 为什么《世界图鉴》会放在小说区?

5. 我怀疑是不是凯特把它放错了地方。

6. 这无关紧要。

7. 我不想走过去让那些男生让开,好让我找自己的书。

8. 我另外找一本书好了。

"其实,"我对凯特说,"我刚想起来我想找的是这本。"我弯下腰随手抽出看见的第一本书:《多萝西·哈米尔传记》。

凯特接下来问我的三个问题:

1. 谁是多萝西·哈米尔?(答案:她是二十世纪七十年代一位著名的花样滑冰运动员。她的发型非常有名。)

2. 这真是你想找的书?(我瞥了一眼,发现那几个六年级男生还在那儿,于是回答:是的,这就是。)

3. 你可以在这儿等一会儿吗?(我回答:当然可以,我就在这里读我的书。)

凯特走到小说架子那边说"不好意思，弗兰克"（那个我不知道名字的男生叫弗兰克），然后弯下腰，取了一本书。

那一刻我感激凯特的四件事：
1. 她察觉到了我不想去小说书架那边的原因。
2. 她没有因此嘲笑我。
3. 跟我不一样，她不怕叫六年级男生让开，好让她去拿书。
4. 她真的拿到了我想要的那本书，我可以不再读那本关于花样滑冰运动员的书了。

"拿去吧，"凯特在递给我《黛西之歌》的时候说，"圣诞快乐。"

如果我们家人能负担得起，我想列进圣诞礼物清单的三样东西：
1. 一部手机。
2. 一只小狗。
3. 一张带帐幔的床。

我实际放进圣诞礼物清单的三样东西：
1. 一部我房间专用的固定电话。
2. 一条金鱼。

3. 一罐只属于我的花生酱,我要一勺一勺吃掉它。(这是我长期以来的一个梦想,尽管妈妈说这很恶心。)

我觉得会在圣诞节收到的五样礼物:

1. 一件运动衫。

2. 袜子。

3. 绘画用品。

4. 也许能有一罐花生酱。

5. 也许会有一部老式固定电话。

我在圣诞节实际收到的四样东西:

1. 一件运动衫。

2. 袜子。

3. 绘画用品。

4. 一副对讲机(伊莱恩外婆送的)。

好吧。外婆建议我和泰德在家里的不同地方时可以用对讲机联系对方。我知道那很荒谬，因为泰德几乎完全不跟我说话。我仿佛看见他在听到外婆这个建议时翻了个白眼。

圣诞节最让我失望的三件事：
1. 没有收到任何种类的电话。
2. 没有收到金鱼。
3. 甚至连花生酱都没有收到。（有没有搞错？！）

圣诞节最让泰德失望的一件事：
1. 没有收到音乐会门票。

圣诞节最让妈妈失望的一件事：
1. 佩阿姨不能来我家，因为她在伦敦和朋友一起过节。（这也是让我失望的事情之一。）

圣诞节最让爸爸失望的事情：
1. 他想在壁炉里生火，但没成功。他说是因为木材受潮了，但妈妈一试就成功了。
2. 伊莱恩外婆送了他一本《园艺新手入门手册》，但他好像并不觉得开心。这应该是妈妈和外婆之间爱开的玩笑，她们总是嘲笑爸爸是个城里长大的孩子，不会生火、种植物之类的事情。爸爸一开始也和她们一起笑，但我觉得他现在有点厌烦了。

爸爸不能忍受的小事情：

　　1. 有人把喝光的牛奶盒又放回冰箱里（通常都是泰德干的）。
　　2. 一大堆没开封的信件。
　　3. 卫生间水槽里的一坨坨牙膏。
　　4. 用过的餐巾、纸巾、打印纸——各种各样的废纸。

那天晚上我回房间用新画具画画时听到的四件事：

　　1. 妈妈在厨房里跟着平·克劳斯贝哼《圣诞快乐》。
　　2. 爸爸把报纸揉成团，塞到了壁炉里的柴火下面。
　　3. 泰德在楼上打鼓。
　　4. 鼓声停了一下，随后我的对讲机响起一阵噼里啪啦的电流声，然后里面传来泰德的声音："安妮，你能听见我说话吗？"

我告诉泰德我能听见他说话后了解到的三件事：

　　1. 对于那副对讲机，泰德一开始表现得毫不在意，事实上他还挺感兴趣的。（或者他只是太无聊了想试试看。）
　　2. 比起跟我面对面说话，泰德更愿意通过对讲机跟我说话。（虽然我们的对话几乎只是"你能听见我说话吗？我在地下室"和"是的,我能听见你说话。我在楼上"之类的。)

3. 对讲机很好用。

我们在四个地方测试了对讲机:

1. 泰德在他的房间,我在我的房间。

2. 泰德在妈妈和爸爸的房间,我在卫生间。

3. 泰德在客厅,我在妈妈的工作室。

4. 泰德在地下室的洗衣房,我在阁楼。

我趁机爬进泰德卧室上面的阁楼夹层里(这次经过了他的同意),盘腿坐着,按下了对讲机上的通话键:"泰德,如果你能听见我说话,可以到我这儿来吗?我想给你看个东西。"他听见我说的话了。

我给泰德看过那份解职协议后，泰德说的三件事：

1. 这意味着爸爸是被开除的。
2. 我们搬到这里是因为爸爸在布鲁克林丢了工作，不是因为你。
3. 为什么他们不告诉我们？

"所以我们搬家不是因为我对劳伦斯先生说了那些话？"我问他。

泰德又低头看了看那封信，"不是，"他说，"实际上，这封信二月就寄来了，你五月才对劳伦斯先生说了那些话。爸爸整整六个月都没有工作。难怪他们花起钱来比以前更缩手缩脚了。"

我和泰德在圣诞节给佩阿姨写的邮件里说的五件事：

1. 圣诞节快乐！
2. 我们很想你。
3. 你知道爸爸在布鲁克林丢了工作吗？
4. 为什么他们不告诉我们？
5. 我们现在该怎么办？

我问泰德，我们该不该告诉爸妈我们发现了这件事。他说他也不太确定，而且如果他们只字未提，就一定有不想让我们知道的理由。所以我们就默默等着佩阿姨的回信。

佩阿姨十二月二十六日回了一封邮件，说了五件事：
    1. 对你们说一声迟到的圣诞快乐！
    2. 我昨天试着给你们打电话，但这里信号不好。
    3. 你们知道在英国今天叫作拆礼物日吗？
    4. 我也很想你们。
    5. 关于你们爸爸的工作，就像我之前说的……我觉得你们该去跟你们的爸妈谈谈。

    我说佩阿姨没有回答我们的问题。泰德说实际上她回答了，如果爸爸没有丢工作，佩阿姨就会说我们怎么会有这种想法。她说的那句"你们该去跟你们的爸妈谈谈"恰恰证明我们的猜想是对的。
    所以我们要去跟爸妈谈谈吗？我们还是不确定。

泰德说他不确定我们该不该去问爸妈那封信的事情，原因有三个：
    1. 他们可能会仅仅因为我们看了他们的东西就发火。
    2. 谈了又能改变什么呢？也不能让我们搬回布鲁克林。
    3. 如果这么大的事情他们也瞒着我们，我不确定我还想不想跟他们说话。

我不确定该不该去问爸妈的两个原因：

1. 和泰德的第一个理由相同。万一因为看了他们的东西被训斥呢？
2. 我怕他们说我们想错了。我怕他们说我们搬离布鲁克林和爸爸的工作一点关系都没有，一切都是我的错。

从那以后，每次待在爸妈身边我都更加烦躁不安。也许是因为我为他们瞒着我们而生气，也许是因为我害怕他们为了保护我，不让我知道会让我难受的真相（也可能两者都有一点）。无论怎样，当你想逃离父母的时候，寒假真的是太难熬了，因为你几乎从早到晚都跟他们待在一起。

在剩下的假期里，我为了躲爸妈做的五件事：

1. 躲在自己房间里，把感恩节佩阿姨帮我起头的围巾又多织了一点。
2. 和泰德一起在地下室玩电子游戏。
3. 看很多电视，多到几乎让妈妈受不了。
4. 用扫帚把屋檐排水槽上垂下来的冰柱敲下来。（这项活动出人意料地令人舒心。）
5. 给米莉写信。

我在信里告诉米莉的六件事：

1. 奥尔布赖特先生从不给我们布置太多作业,周五的时候他总是布置些"烤饼干""拥抱一棵树"之类的任务。

2. 最近上映的电影我都没看过,因为这里的电影院总要等到电影都完全过时了才上映。逊爆了。

3. 我们的房子建在一座小山上,下雪的时候,可以在院子前面滑雪,只要有人站在街上确保没有车经过。

4. 我很想念我们在布鲁克林最喜欢的比萨店。这里的比萨根本没法吃——太多番茄酱,饼皮也不够薄。

5. 我很想念她家街角的药店,店老板总是给我们免费棒棒糖。

6. 我很想她。

我不知道为什么我完全没跟她提解职协议的事情,或者泰德和我关于我们搬家原因的新猜想。如果还住在布鲁克林,我会毫不犹豫地告诉她。但现在我们不住同一个城镇,我很难对她解释自己的那些担忧。

米莉在回信中提到的四件事:

1. 光明节时她收到了一只仓鼠。

2. 她跟妈妈去曼哈顿逛街了,因为地铁太挤,她们步行走过了布鲁克林大桥,桥上冷爆了。

3. 学年结束时,所有的五年级生一起去了熊山露营。

4.学校里来了一个法国转校生,叫朱丽叶。她很酷。

我想知道更多关于法国酷女孩朱丽叶的事情。她是万圣节的"叉子、刀子、勺子"三人组之一吗?现在她要变成米莉最好的朋友了吗?如果米莉要有新的好朋友了,那谁来当我的好朋友呢?

四个关于好朋友的想法:

1.她们能让你有安全感,比如无论何时你都可以和她们一起出去闲逛。

2.如果突然失去她们的陪伴,你会感觉孤单。

3.也许没有好朋友也可以,或者有不止一个好朋友也可以。

4.也许你不能从一个人身上得到所有你需要的东西。

一月
January

寒假结束后第一天上学我就迟到的九个原因：

1. 早上我们接到一通电话，说因为路上结冰，校车会晚到。

2. 我觉得这意味着我可以不慌不忙地做准备，甚至睡个回笼觉，但爸爸说不行，他去上班时会把我送去学校。（这很烦人，因为我其实真的很期待坐校车。我记得我提过要跟父母保持距离。）

3. 我找不到水杯了。

4. 平时总是帮我找东西的妈妈一大早就在跟一个客户开电话会议，她说除非有紧急状况，否则不要打扰她。

5. 爸爸说找不到水杯不算是紧急状况，他用一个旧水杯给我灌了水装进午餐盒里。

6. 那个旧水杯的瓶盖松了，水漏了我一书包。

7. 爸爸花了大概三个小时找他上班用的工卡。(好吧,实际上差不多是十分钟,但感觉却像是三小时。)

8. 我们好不容易出门后,车却因为天气太冷发动不了。

9. 试了五次后,爸爸终于把车发动了,他发现忘了拿咖啡壶,又跑回去拿。等他再次从屋里出来的时候,校车正好从我们门前的车道上开过去。我们最后跟在校车后面开完了全程。校车上的孩子朝我们做着愚蠢的鬼脸,并用手指在布满雾气的车窗上写字,而我一直扭头看着我们的车窗外。

等我们赶到学校时,我已经不跟爸爸说话了。(他倒没有在意。他也很不高兴,嘟囔着在城市里他从不用担心冷天发动不了汽车。)我感觉自己完全做好了跟家人以外的人待在一起的准备。

一到学校,就发生了五件让我感觉更糟糕的事情:

1. 左拉告诉我,校车司机马丁夫人给每个孩子都发了她家圣诞节剩下的巧克力。

2. 艾米莉亚说:"左拉,给安妮看看我们的手表!"她拉起左拉的左手腕,把她们俩的手臂都推到我面前,我清清楚楚地看到她们戴了一对一模一样的手表,小小的粉色大象在绿色表带上列队行进。

3. 艾米莉亚补充说:"这是我送给左拉的圣诞节礼物。我爸妈给我也买了一只。大象永远是我们最爱的动物，对吧，Z？"左拉无声地点了点头，但她似乎因为艾米莉亚这么大张旗鼓地炫耀她们的手表而有点尴尬。

4. 我不假思索地说了一句："真的吗，大象？我以为左拉最喜欢的动物是猫。"左拉说："猫也是。但我小时候喜欢大象。"艾米莉亚直直地看着我说："我们俩从小就一直喜欢大象。"

5. 午餐时，左拉还在排队等餐，艾米莉亚从书包里拿出一张明信片说："你们得听听左拉从牙买加寄给我的这张明信片上说了什么，她太有趣了。"她开始念："亲爱的艾米莉亚，非常感谢你在我走之前送给我的大象手表，我超爱它！我把大象放进了'大箱'，这样我就能带着它一起去牙买加了。爱你，你最好的朋友左拉。"

"这哪里有趣？"凯特问。

"你听不懂吗？"艾米莉亚大概觉得凯特反应太迟钝了，"这是个大象手表，她说她把大象放进了'大箱'！"

"哦，好吧。"凯特说着给我使了个眼色，但我的注意力都在明信片上。因为当艾米莉亚把明信片插回自己书包里的时候，我瞥到了左拉的落款，那上面只写着："希望很快见到你，Z。"而不是："爱你，你最好的朋友左拉。"那句话是艾米莉亚编的。

我知道我不该为此感到自卑，但我的确有些难过。我以前认识的孩子从不会互相送圣诞节礼物，除非他们是一家人，并且是听从父母的安排。艾米莉亚和左拉之间好像有种严肃的大人之间的友谊。但艾米莉亚为什么要编造左拉在明信片上的落款？我们都知道她们几乎从出生起就是好朋友了，她没必要编造些东西来证明这一点。

学校里发生的三件让我感觉好一点的事情：

1.左拉从牙买加给我、艾米莉亚和凯特带了贝壳手链。我的手链上有一个小小的海豚挂坠，凯特的手链上有个小海星，艾米莉亚的手链上是只海马。（也许是我想多了，但艾米莉亚似乎对她的手链有点失望。）

2.奥尔布赖特先生在课上讲到反身代词，他问我们哪个词在语法中是正确的，是"他的自己"还是"他自己"。几分钟后，凯特给我传了一张纸条。她在上面画了一条盘起来的蛇，戴着墨镜，长着拱形的弯眉毛，下面写着"他嘶嘶嘶自己"[①]。她还写了一句："今天放学后一起出去玩？"

3.午餐时我给妈妈打了电话，问她放学后我能不能和凯特一起回家，她说可以的，只要我们把作业做完。

---

① 原文为"hisssself"，是对错误的反身代词"他的自己（hisself）"的调侃。

总是让我好奇的几件事：

1. 和衣服一起在烘干机里打转是什么感觉。

2. 如果我的父母没有跟对方结婚，我会变成谁。

3. 人们看到的世界是否是一样的。比如，我眼中的蓝色东西，会不会在别人看来是红色的？如果真是这样，我们又怎么能知道这一点呢？

4. 如果我改变今天做的一件事情，比如先系左脚的鞋带再系右脚的，这会不会改变我的人生？甚至改变世界？

以前在布鲁克林的时候，米莉和我常在冷天做的五件事情：

1. 去普罗斯佩克特公园的室外冰场滑冰。

2. 在公园里找一片没人踩过的雪地，用木棍在上面写下我们的名字。

3. 坐在我家客厅窗户旁边，数有多少人在结冰的人行道上滑倒。

4. 把断了的蜡笔放在蜡纸上，放在米莉卧室的暖气片罩上，看蜡笔多久会融化。（我们付出了巨大的代价才意识到要用蜡纸垫在下面。暖气罩上彩虹色的污渍就是证据。唉！）

5. 看我妈妈的高中纪念册。我知道这听起来很无聊，但妈妈的纪念册超级搞笑，每个人的发型都很夸张。米莉喜欢盖住名字让我猜人名，看我能认出多少人。（我能认出很多人，一方面是因为我惊人的记忆力，一方面是因为很多个寒冷的下雨天，我都是抱着那本纪念册度过的。）

在三叶草峡谷镇，寒冷的日子里放学后可以做的二十四件事：

1. 努力不滑下校车座椅，因为大家都穿着厚重的防寒大衣，背着书包，座椅挤得快坐不下人了。

2. 用小鸡走路的方式从巴士站走回家，以防在冰上摔跤。

3. 在雪地里写下自己的名字，或者堆一个雪天使，随便在哪儿都行。（在三叶草峡谷镇，没人踩过的雪地可比普罗斯佩克特公园要多得多。）

4. 如果你幸运地有一个凯特这样的朋友，她就会帮你做些雪球，对付邻居家那些比你先到家的大孩子。

5. 在凯特快到家门口的台阶时对她大喊："跑！"因为那

些大孩子正躲在灌木丛后面准备扔雪球。

6. 一边向那些攻击你的孩子扔雪球一边往屋里跑，然后重重地把门摔上。

7. 透过窗子看那些攻击你的孩子为下一轮进攻重新储备雪球。

8. 在凯特家的食品柜里掏来掏去，直到找到喜欢的零食。

9. 去外面装一大碗干净的雪。

10. 做雪激凌。（把雪和奶油、糖、香草混在一起。我从没尝过雪激凌，可能因为在布鲁克林太难找到干净的雪了。）

11. 吃雪激凌。

12. 谈论各种创业想法。

13. 最后发现最好的选择是开一家二手书店或做私家侦探。

14. 吃第三轮零食。

15. 听凯特的保姆第五次提醒我们做作业。

16. 开始做作业。

17. 谈论班里谁喜欢谁。（如果奥尔布赖特先生可以读到这篇，会很高兴第二个"谁"我用对了语法。）

18. 再做一会儿作业。

19. 问凯特同学们的八卦（稍后再细说这个）。

20. 练习用镂空花体字写我们的名字。

21. 跟凯特告别，因为她家的保姆说我们没怎么做作业，我该回家了。

22. 给妈妈打电话叫她来接我。
23. 回家做完作业。
24. "骚扰"哥哥。

那封解职协议倒是带来了一件好事：我给泰德看过那封信后，他就不再把我们搬到三叶草峡谷镇的事全怪在我头上了。当然，我在父母身边感觉越来越尴尬，一直纠结他们到底对我们隐瞒了什么（比如我们家的财务状况到底如何，问题有多严重，他们现在的工作顺利吗）。但至少泰德和我的关系几乎恢复正常了。这意味着我们更常聊天，我也敢重新"骚扰"他了。

惹恼自己哥哥的十种好办法：

1. 如果他的卧室门关着，就站在门前，双手双脚撑在门框上，等他打开门时就会被你吓出心脏病。这一刻绝对值得等待。
2. 唱歌，想唱什么唱什么。只要是你唱的，无论什么歌都会让他很烦。
3. 如果可能的话，把歌词改掉，加入一个你怀疑他喜欢的女孩的名字。
4. 在他看电视的时候紧紧挨在他旁边。
5. 在他玩电子游戏的时候站在屏幕前面。

6. 在吃饭的时候盯着他看。

7. 给他取个可爱的昵称。（这个办法对泰德尤其有效，因为他恨极了自己的昵称，不用说就是"泰迪"。）

8. 和他一起坐在车后座的时候，稍稍往他那边靠一点。

9. 在他的笔记本上贴爱心贴纸。

10. 学他说话，每一句都学。（这的确很幼稚，但哥哥们也都很幼稚。）

凯特让我喜欢的五个地方：

1. 即使刚发生了"飞天内衣"事件，她也能继续哼歌。

2. 她教了我手语字母表，那是她在演《奇迹缔造者》的时候学的。上课的时候她从教室另一头给我用手语发暗号（比如"无聊"，我就回她"逊爆了"）。

3. 她跟我一样不擅长足垒球，但她好像不太在意。

4. 她跟我一样会注意到别人的很多细节。（这一点在我问学校其他孩子的八卦时很有用。）

5. 她问了我很多关于布鲁克林的事情——我以前的学校是什么样的，我以前是不是总坐地铁，我在那里有哪些朋友。跟她聊天很轻松。

放学后我问凯特的三个问题：

1. 为什么扎克总是跳起来摸门框？（她回答：因为他有

个弟弟过去一年比他高出了两厘米。我觉得扎克是希望经常跳让自己长高。)

2.为什么查理一天到晚都戴着帽子？（她回答：不清楚。他可能觉得自己的耳朵让他很没安全感吧。)

3.艾米莉亚是不是不喜欢我？（她回答：她不是不喜欢你，只是她和左拉很早以前就是好朋友了。艾米莉亚可能有点想独占左拉。）这一点我自己已经有所察觉，但还是很高兴从别人那里得到印证。

我想象中会让艾米莉亚很困扰的四件事情：

1. 圆柱形铅笔用完了。
2. 周一深夜发现她的周二套装还在脏衣篮里。
3. 踢到脚指头。
4. 做好的指甲上面缺了一块。

目前对我来说是大问题的四件事：

1. 担心艾米莉亚讨厌我。
2. 担心我父母会永远为钱烦恼。
3. 纠结为什么父母要隐瞒我们搬家的理由，而且感觉我不能信任他们。
4. 无法确认我是不是有足够多的朋友。

我做的三个关于布鲁克林的梦：

1. 我在自己的旧卧室衣柜里发现了一块隐秘的木板，推开后通向一栋带后院的房子。

2. 我在旧学校操场上玩壁球，突然墙壁消失了，墙后是我新班级里的同学，而那个球则变成了一件巨大的内衣。

3. 我在和米莉吵架。起因是一件很蠢的事情，类似我们谁的雀斑更多之类的，我非常生气，气得想要尖叫。醒来后，尽管梦境已经结束，糟糕的感觉还还是挥之不去。之后的半小时我仍然在生米莉的气。

我想念米莉的五点：

1. 通常情况下，无须我说话，她就能领会我在想什么。

2. 我们在一本大理石花纹的笔记本上写想对对方说的话，等本子写满了，就换一本新的接着写。我们轮流保存这些写满的本子。

3. 她会造一些好玩的词，比如"卜！"（用来代替"不！"）或"喂喂?!"（用来表示她很惊讶）。

4. 她从不介意我的安静。她说："安静的人很有趣。"

5. 她不觉得我能记得关于每个人的小细节很奇怪。

我在这里很好地遵守了誓言，将我对别人的观察和记忆超能力都隐藏在心里。但有时候我也会忘记这一点。就像有一天艾米莉亚问我借铅笔，我说："当然可以，但我只有普通的黄色铅笔。"她问我这有什么关系，我没过脑子就说："呃，我知道你只用圆柱形的铅笔。"

"不，我没有。"她说着，眼睛渐渐眯了起来。然后她转身离开，从凯特那里借了一支铅笔——一支圆柱形铅笔。

一个人在新学校的第一个情人节来临前想知道的三件事:

 1. 这里的五年级学生会过情人节吗？

 2. 如果他们过，会互相送什么礼物？贺卡？糖果？铅笔？

 3. 如果我们班同学都过情人节，我应该给每个人都送礼物吗，还是只给女生送礼物？

三个回答了我问题的人：

 1. 奥尔布赖特先生。他给我家寄了封信，上面说："如果你要在情人节带礼物来，请确保给班里的每个同学都准备了礼物。"

 2. 左拉。她说："当然，我们过情人节，带礼物来吧！别忘了带糖。奥先生很可能会送我们铅笔，但是同学们会互相送糖果。"

3. 凯特。在左拉给我建议的时候她插话道:"大多数同学都只是给班里每个人带一块糖果棒。你可以在包装纸上写上大家的名字,这样就不用写那些俗气的贺卡了。"

情人节那天我在学校收到的四样东西:

1. 八小包撞柱游戏用的小柱子。
2. 七包小精灵蘸粉糖。
3. 十根迷你巧克力棒。
4. 两根铅笔。

铅笔是奥尔布赖特先生送的,是圆柱形,我仿佛看见艾米莉亚满足地用它们做起了笔记。

情人节在学校发生的出人意料的四件事:

1. 每个人都真的带了一些东西来,甚至男生也带了。(在我以前的学校,四年级的时候有一半男生在情人节根本毫无表示。)
2. 查理只送给左拉一小包游戏柱子,就像他给其他人的一样。我猜他是不想让自己的心意暴露得太明显,或者他不再喜欢左拉了?
3. 奥先生让我们随意吃糖。

4.情人节还挺好玩的。（整个下午都没有人提起单词发音、州首府或用词问题。我们在纸做的爱心上涂鸦，一边嚼巧克力一边跟朋友聊天。总之，这一天我在学校过得还不错。）

情人节没那么惊喜或有趣的一件事：
　　1.艾米莉亚看见我给大家送的火辣肉桂糖时说："哦，你喜欢这个？我觉得它们太辣了。我倒是很惊讶你没有专门给左拉准备一份礼物，你不是总能记得她喜欢的所有东西吗？"

　　"我要吃，"左拉说，"我真的很喜欢火辣肉桂糖。这件事你也可以记下来。"

那一刻我想做的三件事：
　　1.抱一下左拉。
　　2.把艾米莉亚那些完美的铅笔都掰成两半。
　　3.逃出教室。艾米莉亚怎么知道我记得住关于左拉的所有事情？我已经很小心不暴露出自己的记忆能力了。艾米莉亚会不会知道我其实记得住所有人的所有事？

我实际上做的一件事：
　　1.转向左拉，对她说："我爸爸会把这些糖融化，做成火辣糖苹果。你真该到我家来，跟我们一起做。"

左拉睁大了眼睛，说她真的很想试试做火辣糖苹果。艾米莉亚站在我身后，我看不到她，但能感觉到她眼睛里射出来的怒火几乎可以穿透我的后脑勺。

我没有告诉大家因为搬来这里以后爸爸几乎不再做饭了，所以不知道短期内能不能兑现这个邀请。尽管爸爸为我们的大厨房那么兴奋，但他工作太忙了，实在没有时间下厨。天气暖和的时候，他就一直待在工地上。现在已经是冬天，建设进程也放慢了，但他的工作时间却更长了，因为他和其他建筑师要为即将到来的春天做计划。我知道做火辣糖苹果可能必须等一段时间。

家里等着我的两个情人节惊喜：

1. 伊莱恩外婆送我的一盒巧克力。
2. 佩阿姨送我的一对爱心耳环，还附了一张纸条，上面写着："你妈妈跟我讲了你的读书挑战。我再送你一份礼物，好让你更有动力读书！"

我应该在妈妈递给我这两份礼物后说的两句话：

1. 她们对我真好！
2. 妈妈，情人节快乐！

我不该说的一句话：
  1. 哟，这个家里还有人记得送我情人节礼物，还不错嘛。

  我真不该这么说，但我还是说了。

妈妈接下来做的两件事：
  1. 指了指餐厅的方向。
  2. 咚咚咚地走进她的工作室，摔上了门。

我在餐厅里发现的两样东西：
  1. 爸爸送我的花。
  2. 妈妈送我的一本诗集。

我敲响妈妈的工作室门后说的两句话：
  1. 对不起，我刚才不该那么说。
  2. 谢谢你送我的书。

  妈妈嘟囔了一声"不用谢"，然后说她要给一位客户打电话了。我在门外站了一会儿，但一直没听见她打电话。我已经记不起上一次在妈妈工作室里看她干活是什么时候了。

我觉得妈妈喜欢躲在工作室的两个原因：

1. 在我和泰德像刚才那样不讲理的时候，她可以躲开我们。
2. 不在我们身边，对我们隐瞒一些事情会变得更容易。

无论是哪种原因，我想最近需要一点个人空间的并不是只有我一个人。最后我转身回了自己的房间。我还拿着佩阿姨送的耳环，比画着想象我打耳洞以后戴上它们是什么样子。

关于打耳洞的四个想法：

1. 已经到时候了！（我没有做过调研，但我很确定，我这个年纪的女孩大约百分之九十都打了耳洞。至少这是我提供给妈妈的数据，而且我坚信的确如此。）
2. 一取下打完耳洞后戴的防感染耳钉，我就要去买和平标志或熊猫图案的耳环，或者两种都买。
3. 我很好奇打耳洞到底有多疼。
4. 但我真的不在意。妈妈说我一向很耐痛，这对于我这种经常倒霉的人来说是件好事。

因为倒霉四次意外受伤（是的，这些都曾经发生在我身上）：

1. 手指被篮球挤伤。
2. 把订书钉钉进大拇指。

3. 咬开塑料容器的时候，把牙咬缺了一小块。

4. 还有最近发生的……绊倒时拿着一根尖头朝上的铅笔，导致笔尖戳进了胳膊。

笔尖戳进胳膊后发生的十二件事：

1. 我的手臂开始流血。

2. 奥尔布赖特先生让我去医务室看看。

3. 他让艾米莉亚陪我去。

4. 艾米莉亚站起身来，但似乎有点发抖。

5. "我只是有点怕血。"我们到走廊上的时候，她这么跟我说。

6. 我告诉她，如果她想回去的话就回去吧，我可以自己去医务室。

7. 她说："不，我没事的。"

8. 我们走到医务室时，艾米莉亚看起来脸色发青。

9. 护士泰勒小姐为我清理了伤口，她称之为"穿刺部位"，然后给了我一片创可贴，这个过程中艾米莉亚一直远远地站在门口看着。

10. 泰勒小姐告诉我，我手臂上可能会留下一个小小的灰色印记，将伴随我一生。"这就像一个小小的文身。"她说，"看，我手上也有一个，是三年级的时候留下的。"

11. 就在这时，艾米莉亚趴在医务室的洗手池上吐了。

12. 泰勒小姐送我回到教室,让我转交给奥尔布赖特先生一张字条,解释为什么我回来了艾米莉亚却没回来。我把字条给了他,因为那是任务,但我暗暗发誓,绝不会把这件事告诉任何人。我已经知道艾米莉亚不怎么喜欢我了,如果我把她吐了的事情到处说,绝不会对这情况有什么帮助(虽然跟别人讲她的糗事会很好玩)。

那天放学后,凯特过来找我,问了我四个问题:

1. 为什么艾米莉亚陪你去了医务室后没有回到班上?(我回答:呃,我想她是回家了。)

2. 为什么?(我回答:这个嘛……我觉得她不小心把什么东西洒到她的周四小短裙上了。)

3. 周四小短裙是什么?(我回答:你懂的……她每周四穿的那条小短裙。)

4. 你在说什么?(我回答:没什么。你想吃点零食吗?)

凯特疑惑地看了我一眼,但幸运的是,食物转移了她的注意力。我的注意力全放在为艾米莉亚保守秘密上,差点让凯特发现我记得艾米莉亚每周都穿什么套装。(以及我私下里把她的棕色短裙叫作"周四小短裙"——好吧,是每隔一个周四,但你们懂我的意思。)

自从搬到这里来以后，九件我发现了但是假装不记得的事情：

1. 有一天我去左拉家玩儿时，她哥哥马库斯（十三岁）一个人在看《节奏特工队》，这是我上幼儿园时看的动画片。
2. 凯特收集了一整套《小马宝莉》纸板书。
3. 有一天午餐时，扎克趁查理不注意偷了一块他的饼干，塞进自己的外套口袋里。
4. 艾米莉亚的套装规律。
5. 左拉写字的时候总习惯性吐舌头。
6. 查理的一只运动鞋底下画了个爱心，爱心里写着左拉名字的首字母。（要么那个爱心是以前画的，要么查理还喜欢左拉。）
7. 每周五最后一节课下课铃响后，奥尔布赖特先生都会对着镜子检查自己的发型。
8. 上周五下午，奥尔布赖特先生和泰勒护士在她的车旁谈笑风生。
9. 艾米莉亚在医务室里吐掉了自己的午饭。

我知道对这些事保持沉默、不嚼舌根比较有教养，但是想想吧——如果可以告诉别人我关于奥尔布赖特先生和泰勒护士的发现，那该多有意思啊！但是我已经吸取教训了，我一个字也不会说的。

我担心一旦把以上任何一件事告诉别人，就会发生下面五种情况：

  1. 不管我告诉了谁（可能是凯特或左拉），她都没法保守秘密。

  2. 我可能会无意中给某个人带来麻烦。

  3. 我可能会无意中给自己带来麻烦。

  4. 大家会觉得我是个怪人，因为我注意到并记住了这么多事情。

  5. 我已经是那个"新来的孩子"了，不想再做一个"奇怪的孩子"。我真的准备只当一个普通小孩。

只有一件事，我真的无法再保持沉默了：

  1. 那封解职协议。

  这事带给我的压力太大了。我和泰德越是看着爸爸努力理顺在三叶草峡谷镇的生活，就越是清晰地感觉到，尽管他试着给我们打气，让我们觉得生活在这里很好，但实际上他自己从来都不想离开城市。我们不得不离开，只是因为他无法在纽约找到另一份工作。

在三叶草峡谷镇爸爸似乎怎么也做不好的四件事：

  1. 在壁炉里生火。

2.维护房屋里的设施,比如厨房下水道、堵塞的排水沟、漏水的天花板。(在布鲁克林,这些事情基本上会都有房屋管理员帮我们做。)

3.开车。(因为爸爸是在城市里长大的,他去哪儿都是走路或坐地铁,几乎从不开车。自从我们搬到这里后,他开车时有好几次都差点撞到旁边的车或电线杆。如果我们要出远门,一般都是妈妈开车。)

4.挥手打招呼。(我知道这一条听起来很蠢,但在这里每个人在街上见人都会挥手打招呼,不管认不认识对方。妈妈觉得这很好,但爸爸觉得这很奇怪,他声称自己总想不起来要挥手。妈妈说他这样很没礼貌。)

所以我们开始觉得他从来就不是真的想搬到三叶草峡谷镇,我们搬到这里只是因为某个他们不愿意告诉我们的原因……比如爸爸丢了工作。

我最终还是去找了泰德,跟他说我觉得该跟妈妈和爸爸当面谈谈这件事了。就在这时,妈妈走了进来。

妈妈扑通一下坐在泰德的写字椅上,问了我们三个问题:

1.你们两个做完作业了吗?(我们回答:做完了。)

2.今天晚上轮到谁摆餐桌?(泰德回答:我。)

3.接下来,也许因为我们两个看起来出奇地配合,她问:

"你们两个还好吧?"

接下来泰德说的三件事:
1. 为什么你不告诉我们爸爸丢了他的上一份工作?
2. 安妮以为我们搬家都是她的错,就因为劳伦斯先生和那个干洗店伙计。
3. 如果爸爸二月就丢了工作,那我们以为他在上班的那几个月,他都在干什么?

接下来我们看向的不同方向:
1. 泰德:看着妈妈。
2. 妈妈:看着我。
3. 我:看着地板。

然后妈妈开始哭起来。

我只看见妈妈哭过四次：

1. 她的奶奶去世时。

2. 我幼儿园毕业时。

3. 一次我们被大雪困住将近一周，泰德和我大吵了整整三小时。

4. 当她得知我以为都是我害得全家搬家时。

"安妮，我真的很抱歉，我们得好好谈一谈。"她平静下来后对我说。所以那天晚上爸爸下班回家后，我们就好好谈了谈。

那天吃晚饭的时候爸爸说的七件事：

1. 我们搬家不是因为我的错。

2. 他在布鲁克林丢了工作，因为他当时的建筑事务所出现了财务困难，他们没有接下足够多的项目，所以必须裁员。

3. 他没有告诉我们是不想让我们担心。

4. 他花了很多时间去曼哈顿找新的工作，或者跟可能提供工作机会的朋友见面……这就是为什么我们都没有察觉他其实已经失业了。（他承认自己也经常去闲逛，还看了好几部电影。)

5.他和妈妈的确(好吧,主要是妈妈)早就在考虑搬出城市,幸运的是他在这里找到了高速公路建设的工作。(但是工资没有以前多,而且他的老板也不确定等高速路项目结束后还能不能让他留下来。所以我们还是要小心花钱。)

6.事实证明,他的确需要调整状态来适应小镇生活。不过他正努力在想好的一面,比如可以在院子里种花、请朋友来家里烧烤。(这些例子并不怎么令人信服,毕竟现在还是二月,但我能明白他想举几个例子来说服别人,也说服自己。)

7.希望我们不要对他们隐瞒担忧(比如我以为是我害得全家搬家)。他们永远希望我们能跟他们分享自己的想法。

听完这番话后,泰德机智地指出一个关键问题:

1.但是你们也没有和我们分享你们的想法。你连丢了工作的事情都不告诉我们,为什么还指望我们跟你们敞开心扉?

爸爸承认的两件事:

1.我很抱歉。

2.你是对的。

在妈妈让泰德去帮她收拾厨房以后,我问爸爸的三件事:

1.为什么你要假装你是为了生活乐趣而搬到这里?(他

回答：搬出城市是你妈妈一直很想尝试的一件事。我觉得对她来说，我们都努力去享受这里的生活很重要。）

2. 你知道一直以来我都以为搬家是因为我吗？（他回答：我真的一点也不知道。如果我知道，决不会让你一直那么想的。）

3. 所以，你是为了妈妈才努力去享受三叶草峡谷镇的生活……但你其实不是真的喜欢这里？（他回答：有时候喜欢，有时候不喜欢。但在布鲁克林，也有开心和不开心的时候。我仍然想努力去喜欢这里，但尚未成功。）

"我也想喜欢上这里。"我说，"现在大多数时候，我觉得我还是喜欢这里的。"

"好吧。"他伸出手帮我把头发拢到耳后，"谢谢你这么说。知道这一点，对让我喜欢上这里也很有帮助。"

在妈妈和泰德回来后，我问的最后一个问题（妈妈端着一盘饼干，尽管今天不是甜点之夜）：

1. 我们还有可能回到布鲁克林吗？

到这一刻为止，尽管泰德也说了些很勇敢的话，但大多数时候他还是低着头，就好像在对着自己的食物说话。听到这个问题时，泰德猛地抬起了头，看向妈妈和爸爸。显然他也想知道这个问题的答案。

妈妈给了我们一个答案,但并没有真的让所有人满意:
1. 我们不知道。但为什么不试试这里的生活接下来会怎样呢?也许过一段时间,这里真的会给我们家的感觉。

爸爸和泰德埋头吃起饼干。看得出来,没人知道接下来该说什么好。

出于坦诚(也为了让大家放松一下心情),我把当时脑子里正在想的一件事告诉了大家:
1. 今天我被一根铅笔扎到了,现在我有了一个小文身。

那天晚上我在给米莉的邮件里写的四件事:
1. 你知道吗,如果使劲用铅笔扎自己一下,就会留下一个终生不会消失的印记。你不要去试,下次见面的时候我给你看我的印记。
2. 这里经常下雪。
3. 凯特很擅长做雪球。在泰德袭击我们的时候,她会帮我反击。
4. 呃……你猜怎么着?我发现我家搬离布鲁克林的真正原因是我爸爸丢了在城里的工作。他因为害怕我们担心,一直没告诉我们。妈妈真的很想尝试小镇生活,所以她要搬到这里。无论如何,重点是……我们搬家真的不是因为我。

尽管这是个大新闻,我还是不想给米莉打电话说这件事,以免任何人偷听到我们的对话。所以我给她发了一封邮件,然后等回信等了大概半小时,直到妈妈催促我准备上床睡觉。

铅笔事件后,在学校艾米莉亚和我之间发生的五件事:
    1. 趁休息室只有我们两人的时候,我问她今天感觉如何。
    2. 她用平淡的语调说:"挺好的,为什么问这个?"
    3. "你知道的,因为你昨天身体不舒服。"我回答。
    4. 她回复:"我不知道你在说什么。"
    5. "好吧。"我回答,"就当我没问。"

就像我之前说过的,我不会告诉任何人艾米莉亚吐了的事情,但我没有想到在她本人面前我也要假装什么都没发生。我不觉得这有什么大不了的。我的意思是说,人们经常会呕吐,这没什么大不了的。

我曾经在五个不合时宜的地方吐过:
    1. 在去参加我爸爸表兄婚礼的路上,吐在了车里。
    2. 吐在公共图书馆的"新书"推车上。

3. 吐在我家保姆的鞋子上。

4. 在"亲子职业体验日"吐在我爸爸的办公室里。

5. 在牙医诊室里吐在了奖品盒子里。

由此可见，我小时候对于呕吐这件事还挺有经验的。幸运的是，现在我已经不经常吐了。我想我的那段呕吐期（爸爸的叫法）让我习惯了呕吐这件事。我以前常常担忧我随时会吐出来。但现在我的肚子已经不再兴风作浪了，夜里让我辗转反侧的是其他事情。

失眠的时候让我焦虑的九件事：

1. 天气一转暖，足垒球比赛就要重新开始了。

2. 一些神秘的噪声。（在三叶草峡谷镇，夜里神秘的噪声比布鲁克林的多多了。我怀疑那些声音来自熊。）

3. 担心米莉生我的气。（她还是没有回我那封讲到爸爸工作的邮件。她会不会没有收到？是不是因为我说凯特很擅长做雪球，惹她生气了？到底发生了什么？）

4. 担心艾米莉亚会去说服左拉不要和我做朋友。

5. 担心父母无法承担我和泰德的日常开销，并为此吵架，还有，每样东西的维修费都太贵了，我们修不起，长此以往我们的房子会垮掉吗？

6. 担心爸爸的高速路工作永远不会结束，我们将永远留在三叶草峡谷镇。泰德会永远这么垂头丧气，我永远也不会再交到一个最好的朋友。

7. 担心爸爸的高速路工作会很快结束，那样我们就真的会出现经济问题了。

8. 担心就算我们搬回布鲁克林，我也不会再有最好的朋友，因为米莉似乎已经忘记我了。

9. 担心诸如有人受到不公平对待之类的大事。我不知道其他我这么大的孩子会不会操心这些事，没有人谈论这些，所以很难说。但左拉妈妈的故事在我的脑子里播放了一遍又一遍。

当我告诉妈妈左拉妈妈的故事时，我能察觉到她不知道说什么好。

我给妈妈讲了左拉妈妈的故事后，妈妈说的四句话：

1. 你是对的，他们的行为很糟糕。
2. 很不幸，过去这样的事情经常发生。
3. 实际上，现在这种事也比你以为的多。
4. 左拉告诉你这件事的时候，你是怎么说的？

我告诉妈妈，我对左拉说我觉得这件事真是太糟糕了，左拉也同意这一点，但她似乎没有我这么震惊。"可能是因为她很久以前就听过这个故事了。"妈妈说。

"但我觉得这件事依然给她的家人带来伤害。"

另外一件让我晚上睡不着的事情：

1. 思索火灾逃生路线。

如果发生火灾，我会抢救出来的三样东西：

今天奥尔布赖特先生给我们留了作业：如果家里起火了我们必须赶快逃生，只来得及带一样东西，我们会带什么？（他的回答：他祖父留给他的一把小折刀。）这个作业让我压力很大。三年级的时候，有消防员到布鲁克林的学校给大家讲消防安全知识，他们反复强调的一点就是——"不要想着抢救你的任何东西！玩具和衣服都可以买新的，但你的生命不能重来！"我猜奥尔布赖特先生从来没上过这样的消防课。他一提出这个问题，我就想象着自己站在浓烟滚滚的房间里，思索着我应该抢救什么东西，然后就忘了爬出窗子。

但既然奥尔布赖特先生问了，以下就是我会抢救的东西：

1. 我的毛绒熊猫娜塔莎。（娜塔莎是陪伴我最久的玩具。我知道我会因为没能救出其他的玩具而难过，但想想看，这可是置身浓烟滚滚的房间，而我不得不做出艰难的选择。）
2. 上个生日时佩阿姨送我的盒式项链坠。
3. 我的清单本。

艾米莉亚会从火灾中救出的三样东西：

1. 她的羊绒衫。
2. 她的心形首饰盒。
3. 她的相册。

凯特会从火灾中救出的两样东西：

1. 她外婆送给她的一本《秘密花园》。
2. 她的眼镜（她是个很实际的人）。

查理会从火灾中救出的三样东西：

1. 他的软呢帽。
2. 他的千年隼号飞船[①]。

[①]《星球大战》系列电影中的一艘宇宙飞船。

3. 他的汉·索罗①T恤。

扎克会从火灾中救出的四样东西：
1. 他的死星②乐高。
2. 他的黑武士③衬衫。（非常应景。）
3. 他的棒球手套。
4. 他爷爷的军功章。

左拉会从火灾中救出的两样东西：
1. 她蓬松的紫色枕头。（因为没有它，她就没法睡觉。）
2. 她自己画的街区地图。

她已经在那张地图上花了好几年的时间，不断添加新发现的有意思的或者秘密的地点。她说她不能去复印这张地图，以免不幸落入他人之手。

左拉街区地图上的五个重要地标：
1. 骷髅山，三叶草峡谷镇最佳滑雪橇地点。
2. 空心橡树，藏秘密纸条和像箭头石之类宝贝的最佳地点。

---

① 《星球大战》中的主要角色之一。
② 《星球大战》中的标志性武器。
③ 《星球大战》中的主要角色之一，全身曾被严重烧伤。

3. 池塘营地，池塘岸边有一小块草地，草地上长着一棵大柳树，把那里遮得严严实实。

4. 大洞，苏特夫妇家 Y 形车道上的一个大坑。这个坑正好位于 Y 字分叉的地方，有一根大电线杆立在这里。附近所有的孩子都喜欢玩一个游戏：看看谁能骑着自行车飞过大洞，伸出手摸到电线杆而不掉进去。

5. 她家屋后树林里的石溪。

石溪在冬天有四点很酷：

1. 石溪很浅，结冰非常快。

2. 一场小雪过后，如果仔细看会在冰上发现完美的雪花状图案。

3. 冰层足够厚的时候，附近的孩子会在上面比赛滑冰。

4. 冰层薄的时候，能看见小鱼在冰面下游动。

左拉执着地想从石溪里抓到一条鱼的三个原因：

1. 她刚看了一期关于冰钓的电视节目，很想试一把。

2. 马库斯认为她做不到。

3. 她想要送我一样宠物，而且她也不能把一条鱼带进自己家里，她的猫如果看到鱼会马上把它吃掉。（我没有告诉她，我在圣诞节许愿要一条鱼，但没有收到。）

我得到我的宠物鱼"小石头"的过程：

1. 左拉和我用小溪岸上松动的石块在冰面上凿了个洞。

2. 这吓跑了附近所有的鱼，我们只好坐在一块延伸到水中的大岩石上，等了好一会儿。

3. 左拉把一只铁丝衣架拧弯，尖头上戳着一块酥皮面包，伸到水里去。

4. 然后我们又等了一会儿。

5. 又一会儿。

6. 还在等。

7. 终于有一些鱼开始往我们这边游了。

8. 左拉把铁丝递给我，拿起一只红色的大塑料杯。

9. 不可思议的是，一条小鱼开始轻轻地咬铁丝上的面包。

10. 接着另一条鱼也过来咬了，然后又有一条。

11. 左拉轻轻地用红杯子靠近那些鱼，猛地一扑。

12. 她用杯子一舀，捞起来三条鱼。

13. 就在这时，她失去平衡摔倒了，砸穿了冰面。

14. 水里的鱼都飞快地逃走了。

15. "抓住杯子！"左拉朝我喊道。

16. 我抓住了那只装着三条小鱼的杯子，扶左拉站起来，幸运的是水并不深。

17. 我们回到左拉家里，在那里我们得到了以下东西：

a. 左拉的干衣服。

b. 左拉妈妈的一顿教育：让我们在冰上要格外小心。

18. 我把小鱼带回了家，把它们放在一个大泡菜罐子里。

19. 妈妈告诉我，我们周末可以去宠物店买一个合适的玻璃鱼缸。

20. 其中两条鱼当天夜里就死了，我还没来得及给它们起名字。

21. 剩下一条在水里游来游去，我根据找到它的小溪给它起名叫"小石头"。我终于拥有了一条鱼，尽管我并不准备跟它太亲近。我从米莉那里学到了两件事：鱼和友谊都让人难以捉摸。

在那之后不久，冰雪消融，春天就要来了。暖和的季节里，鱼更难抓了，所以我们也就不再尝试。现在我们最喜欢做的事是骑自行车，尤其是在苏特家车道上的大洞附近。

当我给佩阿姨写邮件、让她猜猜谁掉进了大洞时,她猜的三个名字:

1. 安妮。
2. 安妮。
3. 安妮☺

对,就是我。不过我还是有点生气,佩阿姨怎么能这么肯定是我呢。

我不能忍受的事情:

1. 泰德打鼓的声音。
2. 人们在写字的时候,把字母 i 上的小点画成圆圈或爱心。

暂时只有这些了。也许等我再长大些就会有更多吧。

关于大洞，我了解到的五件事：

1. 它位于苏特家Y形车道的分叉处已经很多年了，自打三叶草峡谷镇把它当作什么地下总水管维修入口起，就一直在那儿。

2. 苏特夫妇很久以前曾经想把它填起来，但当时他们的孩子（现在都上大学了）已经发明了那个"骑车过坑看看你能不能摸到电线杆并且不掉进坑里"的游戏，所以他们的孩子说服他们放弃了这个想法。

3. 这个洞真的很大。我是说，连人带车掉进去以后，我发现洞口比我高出一个头。

4. 大洞的四面土层都很结实，很多人都曾经在那里乱写乱画，留下自己爱的宣言。也有很多人在上面画过恶心的图案。

5. 幸运的是，其中一面钉着金属踏板，所以我才能从洞里爬出来。

掉进洞里的三个后果：

1. 擦伤和嘴唇流血。（幸运的是不用缝针。）

2. 牛仔裤摔破了。

3. 左拉不得不去我们俩各自的家里，把泰德和马库斯叫来，因为我们没法把自行车从洞里搬出来。（自行车掉进了最深处，而且我不太帮得上忙，因为我正忙着拿纸巾捂着嘴唇止血。）左拉认为得三个人才能把车拽上来，虽然我们知道泰德和马库斯会笑话我们。

泰德和马库斯到达后做的三件毫不令人意外的事：
 1. 大笑，哈哈大笑。
 2. 问我们如果他们帮忙把自行车弄出来，能得到什么报酬。（我们回答：可以让他们在我们的秘密糖果盒里挑走两样东西。）
 3. 当他们把自行车抬出来的时候，表现得强壮有力。

泰德和马库斯到达后做的三件令人意外的事：
 1. 给了我一张纸巾让我给嘴唇止血（泰德）。
 2. 检查了我自行车上的铃铛和刮痕（马库斯）。
 3. 开始谈论打鼓（他们俩之前见过，但通常只是像男生们那样咕哝着打个招呼）。

但这一次马库斯注意到了泰德牛仔裤后袋里插着的鼓槌，他问了泰德打鼓的事情。泰德可以没完没了地谈论打鼓，马库斯也对音乐很着迷，两人聊起来后就完全忽略了左拉和我，我们对此完全不介意。

那天吃晚饭的时候,发生的三件与以往不同的事:

1. 爸爸看起来开心多了。他说在他正在建的高速公路的隔离带上,野花开始盛放。吃饭的时候他一直在哼歌,脑子里全是改造院子的主意(喂鸟器、吊床之类的)。他还说左拉的爸爸会借给他一把链锯,这样他就能砍掉枫树上的一些枯树枝。(爸爸说到这里很兴奋,但妈妈看起来有点紧张。)

2. 我只能吃土豆泥和苹果泥,因为我的嘴唇摔破了。

3. 泰德话特别多。

泰德告诉了我们四件关于马库斯的事情:

1. 马库斯是一个很棒的吉他手。(泰德在学校的赛前动员会上听过他弹国歌。)

2. 马库斯想组一个乐队。

3. 他们需要一个鼓手。

4. 马库斯说这周末泰德可以去他们的车库里给乐队当鼓手,看看他们能不能"合拍"。

那天晚上我收到两封邮件:

1. 一封是佩阿姨发来的,她问我骑自行车掉进坑里以后,恢复得怎么样了。

2. 一封来自米莉(距离我上次给她发邮件已经过去了两个月),她在邮件里说了这些事:

a. 关于你爸爸工作的那件事，真是太疯狂了。
b. 比你因为被铅笔戳到而留下印记还令人震惊。
c. 我得走了，要跟朱丽叶和夏洛特去看电影。

米莉的反应根本没有我想象中那么震惊。相反，我被她的回信震惊了。她居然花了两个月给我写这封回信？！而且她还要跟朱丽叶……和夏洛特去看电影？夏洛特·德芙琳，二年级时抢我的花生酱饼干的死对头？！

我马上给米莉回了邮件，写了三件事：
1. 哇，我以为你已经忘了我了！
2. 你们要去看什么电影？
3. 你是和夏洛特·德芙琳一起去看电影吗？

我不准备再多说什么，现在还不到时候。也许不是夏洛特·德芙琳呢，可在布鲁克林我不认识其他任何叫夏洛特的人了……也很可能布鲁克林还有一个我从没见过的夏洛特。不管怎么说，这是个很流行的名字。所以我想等一等米莉的回信。我不想挑起争吵。

两场我想要忘记的吵架：
1. 左拉和艾米莉亚吵架了。

2. 紧接着扎克和查理也吵架了。

左拉和艾米莉亚吵架的原因：

1. 在大洞事件发生后的第二天，艾米莉亚吃午餐的时候问我的嘴唇是怎么回事。

2. 我跟她讲了我骑自行车掉进洞里的事情。

3. 艾米莉亚大笑着说："你这是活该。不敢相信你们还在玩那个游戏。"

接下来发生的四件事：

1. 左拉把她的保温杯砸在桌上，然后说："艾米莉亚，你有什么毛病吗？"

2. 艾米莉亚说她没什么毛病，接着补充道："但很明显，如果你们还像二年级时那样骑着自行车转圈，玩那个摸电线杆的游戏，有毛病的就是你们。"

3. 左拉沉默了一会儿，然后说："艾米莉亚，我觉得你是在嫉妒，因为你到现在还不会骑自行车。"

4. 艾米莉亚的眼泪在眼眶里打转，她抓起自己的午餐盒，跑出了餐厅。

扎克和查理吵架的原因：

1. 在艾米莉亚跑出去后，扎克说："你为什么要那么说，左拉?你明知道她很介意自己不会骑自行车这件事。你应该保守这个秘密。"

2. 接着查理也插了进来:"放过她吧,扎克,是艾米莉亚先不对的。"

3. 扎克说:"呃,查理,你站在左拉那边只是因为你喜欢她。"

接下来发生的五件事:

1. 查理重重地打了扎克的胳膊。
2. 扎克也打了查理。
3. 查理把扎克放倒在地上。
4. 从那一刻起,就很难说清楚到底发生了什么,但肯定是有一顿拳脚相加。
5. 我们的午餐管理员T小姐把他们拉开,带去了副校长办公室。

关于副校长胡佛先生,你需要知道的四件事:

1. 除非很有必要,他几乎从不说话,而且他的声音非常低沉。
2. 他块头很大。"大"不仅仅指他很高,他还有个圆鼓鼓的大肚子,孩子们都开玩笑说他的领带和地面是平行的。
3. 他在学校负责管纪律。

4.如果你被叫到他的办公室，通常就意味着你有大麻烦了。

所以想象一下，当学校秘书在大喇叭里喊我去胡佛先生的办公室时，大家有多惊讶。（我想当时大家心里一准都在想："噢噢噢噢噢噢，安妮有麻烦了！"）

我到胡佛先生办公室后，他问我的三件事：
1. 你和扎克、查理是好朋友吗？（我回答：是的。）
2. 你看见他们在餐厅打架了吗？（我回答：是的。）
3. 能请你告诉我你记得的事情经过吗？（我回答：呃，好吧。）

我实际上记得的事情经过：
当然，每个细节我都记得，除了左拉和艾米莉亚之间发生的争吵，我还记得：

1. 扎克站在艾米莉亚一边。
2. 查理站在左拉一边。
3. 查理先动的手。
4. 扎克有点自找的。
5. 查理真的还喜欢左拉。
6. 左拉一直在大喊："大家别打了！大家别打了！"
7. 查理的薯片掉到了地上。
8. 扎克的胳膊肘撞进了苹果泥里。
9. 扎克的黑武士T恤被撕破了。
10. 两个男生都骂人了。

你可以想象当时的情景。跟平常一样，我记得很多细节。

我告诉胡佛先生我记得的经过：

1. 查理和扎克打了起来。
2. 我不记得谁先动手的。

我想要忘记这些冲突的原因：

1. 查理和扎克是我的朋友。
2. 即使他们不是我的朋友，我也不觉得把他们违反校规的所有细节都告诉胡佛先生能有什么好处。

3. 左拉和艾米莉亚的争吵让我很不舒服。我很高兴左拉在艾米莉亚取笑我们的时候没有站在她那一边，但我更不喜欢她对艾米莉亚的刻薄。

4. 我仍然坚持执行我假装什么也不记得的计划，守口如瓶。这两场冲突的起因都是多嘴，先是左拉多嘴，嘲笑艾米莉亚不会骑自行车，接着是扎克多嘴，说查理喜欢左拉。这样说闲话是不会有好结果的。在经过布鲁克林和劳伦斯先生谈话事件后，我已经吸取了教训：不要在校长办公室里多嘴多舌。

关于奥尔布赖特先生与泰勒护士绯闻的三个最新消息：

1. 查理和扎克去过胡佛先生的办公室后，去了泰勒护士那里，请她包扎伤口。后来泰勒护士亲自把他们送回了教室。（这很不寻常。她一般都让学生自己回教室，尤其是五年级的学生。）

2. 扎克和查理走回自己座位上的时候，奥尔布赖特先生很严肃地看了他们一眼，然后他去和泰勒护士交谈了几分钟。他们交谈时面带微笑，甚至还大笑了几次。

3. 其他人都在盯着查理和扎克看，但我注意到奥尔布赖特先生的脸有点红，而且当他从门口回到教室里，让我们拿出数学练习册的时候，依然在微笑。

我放学回家后，妈妈毫无意外的四句问候：

　　1. 你今天过得怎么样？

　　2. 你的嘴唇怎么样了？

　　3. 别忘了洗干净午餐饭盒。

　　4. 今天老师布置了什么作业？

我放学回家后，妈妈问了我一件意想不到的事情：

　　1. 今天胡佛先生的秘书给我打电话了，告诉我学校的规定是如果学生被叫到校长办公室去就要通知父母。她还说你被叫去询问一件你目睹的"意外"。你想跟我说说发生了什么事吗？

　　我的反应：不是吧？但妈妈不买账。

关于我被叫去胡佛先生办公室的事情，妈妈问的九个问题：

　　1. 为什么你被叫去他的办公室了？

　　2. 为什么扎克和查理要打架？

　　3. 谁先动手的？

　　4. 为什么查理替左拉说话？

　　5. 左拉和艾米莉亚为什么吵架？

　　（问题真的太多了。）

6. 你把这些告诉胡佛先生后,他怎么说?

有那么两秒钟,我考虑要不要对妈妈说谎。要知道随便编点什么蒙混过关是很容易的。但即使我能对全世界所有人假装——假装我是个不怎么注意身边事情的孩子,假装我是个不记得小细节的孩子,假装我是个能融入集体和大家一起出去玩的孩子——我也无法对妈妈假装。她太了解我了。

所以我做了个深呼吸,说:"这些我都没告诉他。"接着就迎来了新一轮的问题轰炸:

7. 什么?!那你告诉了他什么?
8. 为什么你不跟他说实话?
9. 这种事情他们完全可以靠你了解详细情况的,难道他们不知道你的记忆力有多棒吗?

我最终告诉妈妈的三件事:
1. 不,他们不知道我的记忆力有多棒,我也不希望他们知道。
2. 我痛恨自己的记忆力,它让我尴尬,而且只会给我带来麻烦。这记忆力让我被布鲁克林的学校开除了。
3. 我永远也无法挽回在布鲁克林因为记忆力惹出的麻烦,但至少在三叶草峡谷镇,我可以选择隐藏它。

接下来妈妈脸上出现的三种表情:
1. 困惑。
2. 悲伤。
3. 越来越悲伤。

接下来妈妈从四个方面给了我安慰:
1. 你在布鲁克林没有做错任何事。
2. 爸爸和我不应该让你对我们家的地址保密。
3. 我每天都在为那件事感到内疚。
4. 你跟我很像,你会对那些出错的事情钻牛角尖。

妈妈的两句智慧箴言:

1. 每个人都会犯错，包括我在内，这你已经知道了。

2. 你不应该对新朋友们隐瞒自己是什么样的人。你有很多有趣、智慧和重要的事情可以讲，你还有很美妙的记忆。

奥尔布赖特先生教我们的三种做分数加法的实用小技巧：

1.……

对不起，我没法复述这些小技巧，因为我上课没注意听。祝你们下次做分数加法的时候好运。

走神的时候我的注意力在另外四件事上：

1. 天花板上的一只蜘蛛。

2. 我的同桌路易斯，他正在画一只鸟。

3. 奥尔布赖特先生几乎在每句话的末尾都会问一句"好吗"。

4. 艾米莉亚和左拉在奥尔布赖特先生每次转身的时候都会传字条。后来左拉倾身过来对我悄声说，她想出了和艾米莉亚和好的办法。"你也要参与进来！"她的语气让我感觉那仿佛是一种荣幸。

我父母一直不知道的四件事：

1. 每天我都会把妈妈放在我午餐盒里的胡萝卜扔掉。

2. 当我一个人待在房间里的时候，会对着镜子里的自己做各种表情，看看自己能有多好看、多难看、多吓人、多显老。

3. 我在后院里投篮的时候，总是默默唱着自己编的歌。

4. 左拉提议她、凯特、艾米莉亚和我四个人义结金兰。

左拉想要义结金兰的两个原因：

1. 她在一本书里看到这个，觉得很酷。（大致的做法是用一根针扎自己的手指，然后把手指和朋友扎破的手指贴在一起，这样你们的血就会融在一起，从此你们就成为亲密姐妹。）

2. 她希望这能让我们几个人更好地相处。

我预计这件事不会顺利的两个原因：

1. 凯特认为这个想法太疯狂了，还说我们可能因此生病。

2. 通过铅笔事件，我知道艾米莉亚怕血。

左拉给我们传了一张秘密字条，上面写了召开义结金兰会议的三个指示：

1. 今天下午三点半在池塘营地见面。

2. 带一根安全别针。（我会检查每个人的别针，看谁的最尖。）

3. 要保守秘密。我会带创可贴。

左拉带的三样东西：

1. 一根安全别针。
2. 一盒创可贴。
3. 一个番茄。

在我终止这出闹剧之前发生的七件事：

1. 左拉欢迎我们来参加结拜仪式，并请我们坐下。
2. 在听到"血"这个词的时候，艾米莉亚的脸唰地变白了。
3. 左拉请我们把带的安全别针递给她。
4. 艾米莉亚把别针递过去的时候手在发抖。
5. 左拉打开了第一个安全别针，扬起手，使劲把针尖扎进番茄。
6. 番茄汁喷了出来，溅进了艾米莉亚的眼睛。
7. 艾米莉亚尖叫着捂住眼睛，躺在了一堆松针上。

那一刻我脑子里的两个想法：

1. 血会让艾米莉亚吐出来。
2. 艾米莉亚不想让任何人知道她看到血会吐。

我做了四件事转移大家的注意力：

1. 从左拉那里抢过番茄,扔进了池塘。
2. 说:"我好像看到那个番茄里有一条虫子。"
3. 把手指贴到嘴唇上说:"安静一下!"
4. 悄声说:"你们听到了吗?你们觉得那会不会是一只熊?"

让仪式迅速终结的另外三件事:

1. 艾米莉亚说:"也许那真的是只熊?"
2. 凯特说:"哪有什么熊,但我们还是干点别的吧。这事太蠢了。"
3. 左拉说:"你搞什么鬼,安妮,为什么要扔了那个番茄?"我还没来得及回答,她就叹了口气说:"我要回家了。"艾米莉亚说:"等等!我和你一起回去。"

她们走了以后,凯特问了我两个问题:

1. 你到底为什么扔了那个番茄?(我回答:我不觉得有谁真的想参加这个结拜仪式,我只是在帮大家摆脱它。我还是没有透露艾米莉亚怕血这件事。)
2. 为什么你不早点说?(我回答:我不想让左拉生气。)

凯特承认我是对的,左拉是唯一一个真的想做这件事的人。"我觉得我们应该把实情告诉左拉。"她说。我没有说话。我觉得她可能是对的,但我不知道怎么开口。而且就像我刚才说的,我真的不想让左拉或者任何人生气。扔掉番茄已经是我现在能做的最勇敢的事了。

我希望有一天我能勇敢去尝试的五件事:
 1. 乘热气球飞行。
 2. 骑着驴去大峡谷国家公园最底下看看。
 3. 和海豚一起游泳。
 4. 开直升机。
 5. 去外太空旅行。

那天晚上我收到了三个人的邮件:
 1. 罗斯奶奶,她给我发来一堆可爱猫咪的图片,那是别人转发给她的。
 2. 佩阿姨,她列了一堆我们这个夏天在海边可以做的事情。
 3. 凯特,她讲了一个关于番茄妈妈和番茄宝宝的老土笑话。

那天晚上有一个人的邮件我没收到:
 1. 米莉。

她仍然没有回复我那封提到夏洛特·德芙琳的邮件。这让我几乎可以断定:夏洛特一定就是她的新好朋友。

第二天，当艾米莉亚在学校卫生间里拦住我，问我到底为什么扔了那个番茄时，我给她的三个答案：

1. 我不想参加那个结拜仪式。
2. 我知道其他人也不想。
3. 你不用承认，我也不会告诉其他人，但我知道血会让你恶心。

艾米莉亚说的一句让我有点震惊的话：

1. 谢谢你。

那天稍晚时候，当左拉在操场角落堵住我，问我为什么扔了那个番茄的时候，我做的四件事：

1. 深呼吸。
2. 说："我没有看见虫子。"（左拉说："我知道。"）
3. 我补充说："也没有听到熊的声音。"（左拉说："我知道。"）
4. 我脱口而出："我知道除了你之外没有人想搞什么结拜仪式。但我觉得大家都不敢告诉你她们不喜欢这个主意。"

左拉给我的四个回应：

1. 有那么一秒钟眯起了眼睛。
2. 叹了口气（又叹了口气）。

3. 说："你们应该实话告诉我的。"

4. 问我想不想去跳绳。

那天接下来的时间我思考的五件事：

1. 我对一个人表达了反对意见，但她并没有和我绝交。

2. 我反对的这个人又勇敢又受欢迎，尽管如此，她还是没有和我绝交。

3. 艾米莉亚好像不那么讨厌我了。

4. 像我这样直接的说话方式意味着我并不合群。但也许有时不那么合群也没关系呢？

5. 也许妈妈是对的，也许我该努力去表达自己。

上周五晚上我有三个选择：

1. 留在家里，和爸妈一起看电影。（泰德和马库斯出去玩了。他通过了考验，成了马库斯乐队的鼓手。现在只要谁的父母允许，他们就在那人家里排练。）

2. 留在家里，待在自己房间里看书，直到睡着。

3. 去艾米莉亚家参加她的睡衣主题生日派对。

这对我来说是个困难的选择，原因有三个：

1. 害怕在艾米莉亚的派对上说出什么蠢话。

2. 讨厌睡衣派对上的那些游戏。

3. 疑惑自己为什么会收到派对邀请，因为我仍然不确定派对的女主人喜不喜欢我。但也许——只是也许——在我把她从那场安全别针"浴血大戏"中解救出来以后,她对我的态度就软化了一点。

我决定去参加派对的三个原因:

1. 妈妈和爸爸选了《2001:太空漫游》作为他们的周五夜电影。逊爆了。
2. 左拉向我保证,派对会很好玩的。
3. 左拉告诉我艾米莉亚家的房子棒极了。

我在艾米莉亚家注意到的七件事:

1. 食品柜里有多力多滋薯片和苏打水,而且你不用打招呼就可以拿来吃。
2. 艾米莉亚的房间里有一台电视机。
3. 她房里的床罩、窗帘和地毯都是配套的。
4. 艾米莉亚的美术作业都装在画框里。
5. 客厅里挂着一幅艾米莉亚的巨型肖像油画。
6. 她家有两个楼梯:一个从门厅通向二楼走廊,另一个从厨房直通艾米莉亚的衣帽间。
7. 艾米莉亚的衣帽间比我在布鲁克林的卧室还大。

艾米莉亚的睡衣派对邀请的五个客人:

1. 我。

2. 左拉。

3. 凯特。

4. 艾米莉亚的邻居基娅，比我们低一个年级。

5. 艾米莉亚十二岁的表姐霍普。

我觉得霍普有点夸张的四个原因：

1. 她在艾米莉亚的父母身边异常自在。我知道他们是她的姨妈和姨父，但是她跟他们说话时，表现得像个大人一样。比如她会说"康妮姨妈，我爱死你的新窗帘了！"或"道格姨父，你的工作最近怎么样？"之类的。

2. 大人一走开，她就开始说脏话，满嘴脏话。"跟个水手似的"，我的伊莱恩外婆肯定会这么说。

3. 当基娅跟她说很喜欢她的耳环时，她说："谢谢。这些都是真钻石。"

4. 她说真心话大冒险很无聊，我们应该只玩大冒险。

我们玩大冒险的时候发生的十二件事情：

1. 我们从一个帽子里面抽签，决定谁让谁去大冒险。

2. 我抽到了基娅，让她把雪碧、胡椒博士和可乐混在一起喝下去。她照做了。

3. 基娅抽到了艾米莉亚，让她把牛奶和橙汁混在一起喝下去。她照做了。

4. 艾米莉亚抽到了凯特,让她喝两个柠檬榨的汁。凯特把柠檬汁挤进一个玻璃杯里,喝了下去。

5. 凯特抽到了左拉,让她用口红在浴室玻璃上写点东西。换了我可能会紧张,但左拉只是大笑着用大写字母写了"生日快乐,艾米莉亚",横跨了整面镜子。

6. 左拉抽到了霍普,让她把手放在冰水里泡两分钟。霍普翻了个白眼,照做了。

7. 霍普抽到了我。

8. 霍普看了看我,歪着脑袋想了一分钟。"我想让你从道格和康妮的房间里取一样东西,拿到楼下来。"

9. 我心想:谁是道格和康妮?接着我想起来,这是艾米莉亚父母的名字。

10. 我说:"你可以重新给我提个要求吗?我不想吵醒他们。"

11. "如果你安静一点,就不会吵醒他们,"霍普回答说,"你看起来很擅长保持安静。"

12. 我等着有人站出来支持我,说这是个可笑的主意,但没有人说话。

在艾米莉亚家二楼发生的二十五件事：

1. 我尽可能安静地爬上了二楼的走廊。

2. 我看见艾米莉亚父母的房间就在走廊尽头，静静地等着我。

3. 那一瞬间我脑海中闪过房间里五个不同的场景，每个都很恐怖。

4. 我看了看自己的左手边，发现艾米莉亚的房门大开着。

5. 我心想，我一定要去她父母的房间吗？我打赌在艾米莉亚的房间里也能找到点他们的东西。

6. 我走进了艾米莉亚的房间，开始静静地扫视。艾米莉亚肯定从她妈妈那里借过什么东西——也许是化妆品，也许是一本书。

7. 我开始看她的书架，一本书引起了我的注意——《A 和 Z，从幼儿园到三年级》。

8. 我把那本书拿下来，发现那是一本相册。里面全是艾米莉亚和左拉的照片，从她们读幼儿园的时候到——你能猜到——读三年级的时候。那些照片真的都很可爱，让人看着忍不住想笑。我突然强烈地想念米莉，强烈到我的胃都疼了起来。

9. 我听见走廊里传来霍普的声音。"你在这里做什么？"她悄声问，"你的大冒险是从他们房里拿一样东西。"她指着走廊的尽头提醒我。

10. 我飞快地把相册放回了原来的位置。

11. 我踮着脚沿着走廊走到主卧室，房门虚掩着。

12. 我琢磨着可能不用整个人进入房间。我伸开一只胳膊，开始凭感觉摸索，想找一样能拿走的东西。

13. 砰！我打翻了什么东西。

14. 一股玫瑰香弥漫开来。

15. 有人说了一句"什么——"，艾米莉亚的爸爸睡眼蒙眬地冲到了门边。

16. "安妮？出什么事了吗？"他问。

17. "没什么事。"我说，"好吧，我只是需要从你们房间借走一样东西。"

18. 就在这时，我才看清打翻了什么东西。那是艾米莉亚妈妈的一瓶香水，洒得整个梳妆台都是。

19. 艾米莉亚的爸爸问："你需要借什么东西？"

20. 我飞快地扶起香水瓶子说："这个，我需要借这个。"

21. 艾米莉亚的爸爸叹了一口气说："让我来猜猜，是霍普让你来干这个的？"

22. 我看看了身后，霍普已经不见了。我很惊讶他怎么知道的。

23. "拿着，"他说着递给我一瓶乳液，"这个不会洒，借这个行吗？"

24. "可以，"我小声说，"真的很谢谢你。"

25."晚安,安妮。"他说完关上了房门,这次关严了。

我转过身跑下了楼,满脑子想的都是这下又刷新了我最尴尬时刻的纪录。

霍普用四种手段掌控了派对的后半段:
1. 她指挥所有人把睡袋放在她安排的地方。
2. 她理直气壮地说艾米莉亚应该睡在靠近浴室的地方,因为"这样她就不会尿床了"。(艾米莉亚觉得受到了侮辱,她说:"霍普,我从不尿床!"霍普只是扬扬得意地笑了一下。)
3. 她宣布我们要一起玩"悬浮聚会",而且她每次都要当那个带头念悬浮咒语的人。
4. 她吓唬我们说,第一个睡着的人醒来会发现自己脸上被画了胡子,弄得我们都提心吊胆,很晚还睡不着。

结果到头来,霍普是第一个睡着的人,她似乎不怎么担心会有人在她脸上乱涂乱画。也的确没人那么干。

霍普睡着后,其他人说的五句关于她的话:
1. 左拉说:艾米莉亚,你为什么让她牵着鼻子走?
2. 艾米莉亚说:这没什么大不了的。她是我表姐,我喜欢她。

3. 左拉说：我觉得我要是你，就不会多喜欢她。如果有人这么牵着我的鼻子走，我会说点什么的。

4. 我说：大胆说出自己的想法并不总是那么容易，尤其当你觉得那个人很可怕的时候。

5. 艾米莉亚说：我不怕她，安妮！也许你才怕她。你才是那个接受了她愚蠢的大冒险挑战的人。

好吧，艾米莉亚有一件事说对了：我的确觉得霍普有点可怕。直到那时，我还有点同情艾米莉亚。我能感觉到，可能有比开裂的指甲油和六边形铅笔更让她心烦的问题。但对于一个脾气这么坏的人，你很难保持同情。当艾米莉亚的妈妈下楼来说"熄灯了，姑娘们"的时候，我挺开心的。

在艾米莉亚的睡衣派对后，学校里发生的三个变化：

1. 凯特开始管我叫玫瑰，因为我碰翻的那瓶香水就是玫瑰味的。

2. 午餐时艾米莉亚开始为我留座位，讲故事的时候也开始看着我说话了（而不是只看着左拉、扎克和查理）。

3. 我不再在给左拉的字条上写"从 A 到 Z"了。

自从在艾米莉亚房间里发现那本相册后，我就想在艾米莉亚心里，她和左拉才是真正的"从 A 到 Z"。我不想让她以为我想取代她的位置。

我没有发邮件给米莉告诉她睡衣派对的三个原因：
 1. 参加派对的孩子她一个也不认识，要解释清楚所有事情需要花很长时间。
 2. 正因为她不认识派对上的任何一个人，所以即使讲了，她也无法真正"听懂"那些故事。
 3. 自从她发邮件来说要跟朱丽叶和夏洛特去看电影后，就再也没有给我写过邮件。

米莉从那以后再也不给我发邮件，可能有四个原因：
 1. 也许在她看电影的时候，有人闯进了她家公寓，偷走了电脑。
 2. 也许电影院的地板太脏了，她的脚到现在还粘在上面。
 3. 也许电影院是通往纳尼亚王国的秘密通道。
 4. 也许米莉现在有了新的好朋友朱丽叶和夏洛特，她不再需要我了。

睡衣派对后的第二天，我学会的一个新词语：
 1. 调整间距。

把枕头和睡袋收好后，我拿了点零食，开始在妈妈的办公室里转呼啦圈。(她以前几乎从来不在周六工作,但现在她说:"我算什么大人物,竟敢拒绝加班?")妈妈正在不停地摆弄电脑屏幕上的一个词语,弄了好半天。她点击那个词,按几个按钮,再点击一下那个词,再多按几个按钮,如此循环。每次她按下那些按钮,字母之间的距离就会发生一点点改变,要不就缩小一点,要不就拉大一点。我问妈妈她在干什么,她说:"这叫调整间距。这么做是为了让字母看起来不会靠得太近或离得太远。这样整个词看起来就会刚刚好。"

那天晚上我做了一个奇怪的梦:

1. 一群我认识的孩子——左拉、凯特、艾米莉亚、扎克、查理、泰德、马库斯、米莉、夏洛特,甚至那个神秘的朱丽叶——排成一排。我们不断挪动,一会儿靠近,一会儿分开。我们在"调整间距",试着保持刚刚好的距离。

在三叶草峡谷镇有五样东西我听到的频率比在布鲁克林时高得多:

1. 自行车。
2. 足垒球。
3. 鹿便便。
4. 三叶草。
5. 树。

这里的人们经常谈论的八个关于树的问题：

1. 树有多老。

2. 树有多大。

3. 树上有没有长木蚁。

4. 树有没有得病。

5. 树会不会被暴风雨刮倒。

6. 如果会，它会往哪边倒。

7. 请哪个"树人"来照看它们。（天气开始转暖的时候，妈妈说："我们得去请个树人。"泰德和我问："为什么我们需要一个树人？"妈妈保证我们很快就会明白的。出人意料的是，爸爸没有抱怨要为此花钱，也没有提议要自己去检查那些树。我猜那次从屋顶上掉下来的经历让他稍微明白了要量力而为。）

8. 树里可能住了什么动物。

对于我们来说，最后一个问题的答案是：浣熊。

我害怕的四种动物：

1. 熊（当然）。
2. 蛇。
3. 黄蜂。
4. 虱子。

树人检查过我们的大橡树后说了四件事：

1. 树的上半截都被蛀空了。
2. 我整个人几乎能钻进去。
3. 那里住了一窝浣熊。
4. 我们必须把树砍了。

树人解释说，那棵树已经很虚弱了，因为上半截全被蛀空了，如果不把它砍掉，它倒下来的时候会很危险（比如可能在一场暴风雨中倒在我们的房子上）。所以他带来他的团队，他们爬到树上，一点点把它砍倒，用绳子吊着把树木各个部分放到地上，整个过程看起来很酷。但现在，浣熊无家可归了。

搬到这里以后，我在后院里见过的三件疯狂的事情：

1. 松鼠打架。
2. 飞起来的火鸡。（谁能想到这个?!）

3. 一只狼。(泰德没看见,他说那肯定是只狗。但我很清楚自己看到的是什么。)

树被砍倒后,浣熊妈妈试图安家的三个地方:
1. 我们的垃圾桶(在妈妈和爸爸想办法把垃圾桶锁起来之前)。
2. 门廊边的木材堆(但那里不够隐秘)。
3. 我们的地下室窗井。

窗井是它最终安家的地方。窗井顶上有一把木头长椅,可以防雨,而且留有足够的空间,让它能把自己的宝宝一只只运进去。

爸爸打电话给动物管理中心,与镇上的"浣熊女士"取得联系后,我们了解到的三件事:
1. 不要靠近那些浣熊,因为浣熊妈妈保护欲很强,会试图攻击你。
2. 一只生了那么多宝宝(六只!)的浣熊很可能岁数很大了。("可怜的家伙。"妈妈低声说。)
3. 动物管理中心的人不会进行干预。如果再等上几周,浣熊妈妈会自己把浣熊宝宝带出去的。

从那以后，一段奇观开始在我家上演，我们管那叫"浣熊水族馆"（当然泰德觉得那应该是个乐队的名字）。

六件关于浣熊水族馆很棒的事情：
　　1. 我们可以随时站在地下室的旧沙发上，透过窗子看浣熊。
　　2. 一共有六只浣熊宝宝。（人们管它们叫"幼崽"。）
　　3. 我们可以看它们玩耍。
　　4. 我们可以看浣熊妈妈怎么照顾宝宝。
　　5. 我们差不多成了街区里的名人，因为每个人都想来看浣熊宝宝。
　　6. 爸爸怎么都看不够那些浣熊。

我们能感觉到因为这些浣熊爸爸逐渐喜欢上三叶草峡谷镇，证据有五个：
　　1. 他比任何人站在沙发上看浣熊的时间都长。
　　2. 他每天下班回家第一件事就是去看看幼崽们。
　　3. 他给它们拍了上百张照片。
　　4. 他每天晚上上床睡觉前还要去看看它们，然后向妈妈报告最新情况。（我想他晚上对那些幼崽格外有保护欲，因为那是浣熊妈妈离开宝宝出去觅食的时间。）
　　5. 他不停地念叨："在布鲁克林从没发生过这种事！"（在他第三次重复这句话的时候，我注意到妈妈看了泰德一眼，观察他的反应,但是泰德没什么反应。我想他也渐渐喜欢上三叶草峡谷镇了。)

浣熊女士说得没错,两周后浣熊一家就离开了。浣熊妈妈把宝宝们一只一只地带了出去,爸爸一直待在地下室里看着,直到它们全部离开(他尤其为最后一只担心,它孤零零地坐在窗井里,像小猫一样喵喵叫着,直到它妈妈回来)。

那天很晚的时候,我醒来想去上卫生间,但妈妈和爸爸正在刷牙,我不得不在客厅里等着他们刷完。我听见他们在谈论那些浣熊。"他们看起来在那儿待得很舒服。"爸爸说,"那是它们的家。它们知道接下来该去哪儿吗?"

"它们需要成长的空间。"妈妈说,"我想它们会想出办法的。而且最后它们在自己的新家里也会过得很舒服的,你觉得呢?其实我们对这个过程也有点了解。"妈妈和爸爸从镜子里对视了一眼,爸爸停顿了一下,对她微笑起来。

"是的。"他说,"我想我们的确有点了解。"

第二天爸爸有点无精打采的,但很快他就开始兴致勃勃地关注起三叶草峡谷镇春天的信号了。比如偶尔出现在后院里的小鹿,还有野火鸡,当然还有三叶草。

六月在三叶草峡谷镇发生的三件事：

1. 大家开始经常在户外做饭。

2. 到处冒出一些我以前听都没听说过的花。（牡丹、小苍兰，还有荷包牡丹，那是一种小小的紫粉色的花，形状像桃心一样。）

3. 三叶草节。（显然，这是头等大事。六月份的三叶草峡谷镇为三叶草疯狂。）

关于三叶草节，我问了左拉三个问题：

1. 为什么它这么重要？（她回答：这几乎是这里一年中最好玩的节日，比万圣节还好玩。）

2. 在三叶草节都能做些什么？（到时会举办嘉年华巡游；

还有汇集了好多农场动物的宠物乐园；以及寻找幸运四叶草大赛；还有盛大的选美比赛，每年都会选出三叶草王后和三叶草公主。另外，每个人都会自创三叶草食谱，并进行烹饪比赛。）

3.在六月做这些事不奇怪吗？我是说，三叶草是圣帕特里克节的象征物，可那是在三月。（她茫然地看了我一眼说，你在说什么呢？圣帕特里克节的象征物是另一种三叶草。我们的三叶草是完全不同的植物。）

关于三叶草节，我问了凯特一个问题：

1.三叶草节真的跟左拉说的一样棒吗？（她回答：是的！三叶草节是最棒的。）

因为凯特通常都比左拉要淡定一点，我开始相信关于三叶草节的夸张描述了。

三叶草节让我期待的两件事：

1.巡游。

2.宠物乐园。

关于三叶草节听起来有点奇怪的三件事情：

1.三叶草食谱。

2. 三叶草王后选美。

3. 三叶草公主选美。

我的家人对三叶草节的热情超出了我的想象，三件事为证：

1. 妈妈在镇上的二手服装店给我们每人找合适的三叶草主题服装。（我和泰德都对此表示拒绝。）

2. 泰德说他们的乐队在选美大会后会有一场"动人的演出"。另外，他们终于给乐队选好了名字：小心峡谷。（泰德给伙伴们解释，在有的城市里，地铁门上会有标志提醒人们"小心空隙"，以免不小心卡进站台和车厢间的缝隙里。而我们的镇子叫三叶草峡谷镇①，这样的话……他的伙伴们觉得这真是天才的主意。我从没见过泰德那么自豪的样子。）

3. 爸爸挤出时间一直在试验三叶草食谱：三叶草沙拉、三叶草酱、三叶草甜点。我很高兴看到爸爸又找回了下厨房的状态，但这些食谱还是……一言难尽。三叶草甜点，有没有搞错？

不过至少我希望这意味着妈妈、泰德和我负责晚餐的时光终于可以结束了，我们基本上就是在循环吃各种汉堡：火腿汉

---

① 三叶草峡谷镇英文为"Clover Gap"，小心空隙的原文为"Mind the gap"，乐队名则为"Mind the Gap"。

堡、火鸡汉堡、素食汉堡……逊爆了。

学校里的同学们为三叶草节筹划的四件事：

1. 扎克的爸爸是个农夫，他打算把家里的一头绵羊借给宠物乐园。

2. 左拉打算第一次尝试旋转椅。（她说自从马库斯八岁时坐旋转椅吐了以后，她爸妈就设定了她坐旋转椅的年龄限制。）

3. 凯特要在自己最喜欢的牛仔裤上面贴三叶草图案。

4. 霍普要参加三叶草公主选美，她让艾米莉亚在后台帮她打扮。

我问在北卡罗来纳州长大、小时候经常参加镇上集会的妈妈三个问题：

1. 三叶草节会跟布鲁克林的街头集市差不多吗？（她回答：不完全一样。跟城里的街头集市一样，也会有很多好吃的。但此外还会有巡游，会更像多了农场动物的康尼岛游乐园。）

2. 三叶草节会像《夏洛的网》里的集市一样吗？（她回答：我猜是的，我家镇上的集市就跟那差不多。但显然三叶草节上会有很多三叶草。）

3. 我可以单独和朋友们一起玩吗，还是我得一直跟你们待在一起？（她回答：只要你能一直跟朋友们待在一起，你就可以单独跟他们去玩,但你必须定时跟我会合。)

我提出,如果我有一部自己的手机,就不用定时和她会合,而只要给她发短信就好了。她微笑着说,这不是什么大问题,定时会合挺好的。我对她的反应毫不意外。

到达三叶草节现场的时候,我脑子里冒出的五个念头:
1. 没想到三叶草峡谷镇有这么多人。
2. 那里有个摩天轮,看起来很高。
3. 即使周围人声鼎沸——有大笑声、小孩的哭声、呼唤朋友的声音——但这些声音几乎都被嘉年华的音乐声淹没了。
4. 这里的气味跟音浪一样强烈。根据风向的不同,节日现场飘散着各种味道:漏斗蛋糕、糖苹果、热狗、比萨、奶牛、绵羊、猪……有时候这些味道全都有!
5. 我看见了凯特和左拉!

她们正在售票厅旁边等我。"快过来。"左拉说,"看看我们能不能把艾米莉亚从选美现场救出来。"

在妈妈允许我和朋友出去玩之前,她让我保证了四件事:
1. 不会"离开团队"。
2. 不跟陌生人说话。

3. 如果我走丢了或者跟团队分开了，要找一个妈妈帮忙。

4. 一小时后和她在选美舞台那里会合。

导致我一小时后没能和妈妈会合的三件事：

1. 艾米莉亚在旋转椅上吐了。

2. 艾米莉亚吐到了左拉和凯特身上。

3. 我作为替补人选，顺理成章成了霍普的选美助理。

我早该料到艾米莉亚会在旋转椅上吐出来的三个原因：

1. 在我们坐上旋转椅之前，她吃掉了整整一个漏斗蛋糕。

2. 旋转椅还没开始转的时候，她的脸色就有点发青了。

3. 你们都知道的，我以前就见识过艾米莉亚强烈的呕吐反应。

但我知道她希望我保守那个秘密，况且，我觉得玩旋转椅也不会见血，所以她大概不会出什么问题。但我错了。

艾米莉亚的漏斗蛋糕被吐出来以后，溅落到了四个地方：

1. 艾米莉亚的裙子上。

2. 旋转椅的座位上。

3. 左拉的鞋子上。

4. 凯特的牛仔裤上。

不知怎么的，她的呕吐物没溅到我身上。左拉和凯特说她们得带艾米莉亚找个地方清理一下，也把自己身上弄干净。我以为我很走运，直到艾米莉亚说："安妮，既然你是唯一一个身上没沾上呕吐物的人，你能去告诉霍普，我不能帮她准备选美了吗？"

我为摆脱这个任务找了两个借口：

1. 我跟我妈妈保证过我会和你们待在一起的。（艾米莉亚说没关系，因为她的妈妈和姨妈跟霍普在一起。）

2. 我必须和我爸妈在七点会合。（艾米莉亚回答说：那正是选美开始的时间，你赶得上和他们会合。）

当我出现在选美比赛后台的时候，霍普一点也没认出我来，我看出这一点的原因是：

1. 当我在参赛者的化妆室里找到她的时候，她正穿着一件闪闪发亮的绿色连体衣，一边在镜子前打量自己一边涂绿色眼影，她问："你是谁？"

我说了四句话来表明自己的身份，好让霍普不那么茫然：

1. 我是安妮。

2. 我是艾米莉亚的朋友。

3. 我上次也参加了她的睡衣派对。
4. 我就是那个打翻香水的人。

最后那句话终于让她对上号了。

接下来在场的人提的三个问题：

1. 霍普问：你为什么在这儿？
2. 霍普的妈妈问：对不起，你是谁，亲爱的？
3. 艾米莉亚的妈妈问：艾米莉亚在哪儿？

于是我进退两难了。艾米莉亚可能不会介意让她妈妈知道她吐了的事情，但是我猜她不会想让霍普知道。所以我说了我脑子里闪过的第一个想法："她把饮料泼到身上了，必须去清理一下。左拉和凯特陪她去了。"听到这个消息，霍普翻了个白眼，转身对着镜子说："你们这些小屁孩怎么什么都能弄洒？"

接下来我收到一个令人惊恐的指令：

1. 霍普的妈妈下令：好吧，我们还需要一个人来帮忙。既然只有你在这儿，你就帮帮我们吧。

我是帮霍普做选美准备的最糟人选，原因有三个：

1. 我对于选美一无所知。

2. 那些对选美来说似乎很重要的事情我都一无所知：化妆、漂亮裙子、完美发型、公开演讲。

3. 我并不怎么喜欢霍普。

我被分配的三个任务：

1. 把霍普的头发卷成一个紧紧的圆发髻并固定住，好让妈妈们别上三叶草发夹。（是的，很显然这需要三个人才能完成。）

2. 在两位妈妈给霍普脸上喷绿色闪粉的时候，用纸板挡住，保护她的礼服（再一次，这需要三个人来完成）。

3. 看好霍普的备用棒。你问为什么她还有根备用棒？好吧，当然是为了防止她的第一根棒出什么意外。（霍普的选美才艺表演是一套棒操。）

我的最新最尴尬时刻：

1. 在三叶草公主选美赛进行过程中走到舞台中央捡回那根备用棒，因为我在霍普表演的时候不小心把它从后台扔了出去。

艾米莉亚和霍普在选美比赛之前排练好的两件事：

1. 霍普表演棒操的所有步骤，其中包括她放下棒看向旁边、轻轻挥手的部分。

2. 应急手势，让艾米莉亚明白霍普需要她的备用棒。

霍普因为太紧张忘记告诉我的两件事：

1. 她表演的步骤。（尤其是那个朝旁边挥手的部分，如果提前让我知道就好了。）

2. 应急手势。

所以当霍普扔下她的棒、看向台下挥手的时候，我并没有意识到那其实是表演中一个"好玩又新奇"的动作（她后来是这样告诉我的）。我以为她的第一根棒不好使了，所以给我打手势让我扔给她一根新的。

让我立即明白不应该把那根棒扔出去的两个线索：

1. 霍普脸上惊恐的表情。

2. 霍普妈妈发出的倒吸气声，她当时就在舞台侧面，站在我身后。

音乐还在继续，霍普却僵住了，那根棒欢快地朝舞台前面滚去，在边缘停了下来。接下来就轮到我惊恐了，因为霍普的妈妈用手肘轻轻地推我，悄声说："你得把它捡回来！"

证明我真的不属于那个舞台的三件事：

1. 我的衣服上一点三叶草元素都没有。（我以为"三叶草风"着装包括牛仔裤配绿 T 恤。）

2. 我扎着一根马尾辫。（不是选美选手那种做过造型、喷了发胶、撒着亮粉的马尾辫。）

3. 我甚至没法抓紧一根棒，更别说旋转或接住它了。

我站在台上时看见的四个画面：

1. 我的父母和左拉的父母正站在我们约定的会合地点大张着嘴看着我。

2. 泰德和马库斯以及他们的乐队成员也大张着嘴看着我。

3. 扎克、查理、查理的妈妈和查理的外婆也在看着我。

4. 左拉、艾米莉亚和凯特已经收拾干净了，从头到脚都穿着三叶草主题装。

最先开始大笑的六个人：

1. 泰德。

2. 马库斯。

3. 查理。

4. 扎克。

5. 左拉。

6. 凯特。

四个绝对没有笑的人：

1. 查理的外婆。

2. 霍普。

3. 霍普的妈妈。

4. 艾米莉亚。

霍普的妈妈从后台悄声说的两句话：

1. 从台上下来！（对我。）

2. 继续！（对霍普。）

就这样，霍普继续开始表演。我得给她一点公正的评价：接下来的表演她完成得非常顺畅。（尽管我不敢确定她有没有出错，毕竟我也不像艾米莉亚那样看过她的几百次练习。）

我以最快速度从台上跑了下来，把备用棒递给霍普的妈妈,小声说了句"我很抱歉",然后跑去人群里找我的父母了。

当我跑出后台走进观众群的时候,大家说了五句话:

1. 爸爸说:嘿,你出名了!
2. 泰德:干得好,安妮!你真的"挥棒了"。
3. 凯特说:刚才真是太赞了。
4. 艾米莉亚:霍普会要了我的命。现在我得帮她准备晚装竞赛了。(她脸色看起来真的很苍白,就像又要吐了一样。她一句再见都没说,就冲去了更衣室。)
5. 妈妈说:亲爱的,你还好吗?

我还好吗?我不太确定。霍普是个可怕的人,我倒不怎么关心我是不是毁了她的表演,但我知道艾米莉亚很怕她。现在艾米莉亚要为我的错误付出代价了。

霍普没有得到的三个奖:

1. 三叶草公主。
2. 最佳才艺奖。
3. 最亲和奖。

霍普得到的一个奖:

1. 最上镜奖。

艾米莉亚告诉我们，霍普一开始就猜到自己会得到这个奖，因为这是给最漂亮的女孩的。但我知道这不足以让她忘记那个舞台事故。

三叶草节上最可怕的三个部分：

1. 疯狂的三叶草过山车。（这一条是泰德和马库斯说的，但我只能采用他们的说法，因为我的身高不够坐过山车。）

2. 旋转椅操作员。传说他是个逃犯。（妈妈说这个传言很可笑，尽管听语气她也不是很确定。）

3. 最上镜小姐的眼神。选美大赛结束的时候，霍普死死地盯着我，眼神带着杀气。

霍普列出的我的四条罪状：

1. 笨手笨脚。

2. 傻里傻气。

3. 毁了她的棒操。

4. 让她丢了三叶草公主大奖。

立刻想要为我辩护的五个人：

1. 妈妈。

2. 爸爸。

3. 泰德。
4. 凯特。
5. 左拉。

打断他们并告诉霍普让她正视自己的一个人：
1. 我。

是的，是我。我直视着可怕的霍普说："我很抱歉搞砸了你的棒操，但我已经竭尽全力了。你总是对别人很凶，我确定你没被评为三叶草公主都是你自己的原因。"

接下来发生的三件超棒的事：
1. 大家都欢呼了起来。
2. 朋友们把我举上了肩膀。
3. 霍普把最上镜奖饰带撕烂，跑出了游乐场。

只是开个玩笑，女孩都喜欢做梦嘛。以上并没发生，实际发生的是……

在我回呛了霍普以后发生的三件事：
1. 霍普盯着我看了一秒，转身和她妈妈离开了。
2. 我妈妈飞快地捏了一下我的肩膀，悄声说："干得好，孩子。"

3. 凯特挽起我的胳膊，问我能不能跟她还有左拉一起在乐队表演开始前去吃棉花糖。

左拉问艾米莉亚要不要跟我们一起去，她摇了摇头。"我想我今天的三叶草节就到此为止了。"她说完转身和她妈妈离开了。我看不出来她有没有生我的气，但我有种感觉，霍普不仅对我发了脾气，她在后台很可能对艾米莉亚发了更大的脾气。可艾米莉亚还得继续当她的表妹。

当我们拿着棉花糖回到父母身边时，选美比赛的舞台边还有一大群人在等着看乐队表演。我很高兴泰德和马库斯有这么多观众捧场，但也替他们捏了一把汗。我无意中听过他们排练，听上去有点生涩。

在泰德和马库斯的乐队表演刚开始的几分钟，我听到的十二个声音：

1. 马库斯调整吉他扩音器时发出的高音返送声。
2. 泰德开始打鼓前发出的一连串电子音低鸣。
3. 贝斯手李划拉出的一个和弦。
4. 马库斯的嗓音，他在唱着他们开场曲的开头。（一开始我们有点听不见他的嗓音，但他的声音越来越大，唱的词也越来越清晰。我必须承认，他们表演得还不算差。实际上，他们的乐队听起来挺棒的。)

5. 查理的外婆说:"我们不需要在这儿听吵死人的表演。走,我们去蛋糕义卖那边吧。"

6. 查理回答:"外婆,我朋友的哥哥们都在这个乐队里,我想留下。"

7. 查理的外婆皱着眉头,眯眼看着舞台。"哪几个是你朋友的哥哥们?"

8. 查理的妈妈打断她说:"妈,要不您自己去蛋糕义卖那边吧。我就留在这儿陪着查理。"

9. "好吧。"查理的外婆在转身离开前又插了一句,"但我不知道你们怎么能听得下去。"

10. 左拉的妈妈静静地走到我们旁边,对查理的妈妈说:"嘿,丽莎。"

11. 查理的妈妈说:"嘿,朗达。"她微笑着,"乐队听起来不错。"

12. 左拉插话说:"妈妈,我们可以到前面去吗?马库斯说泰德可能会在结束的时候把鼓槌扔向观众。"

我倒是不怎么想接到鼓槌,因为我家遍地都是,但听到妈妈们同意我们到前面去,我还是很高兴(包括我的妈妈,她又轻轻捏了一下我的肩膀)。查理也很高兴,当左拉抓起他的胳膊说"走吧"的时候,他脸上的阴霾一扫而空。

和朋友们一起穿过人群的时候,我在想查理的外婆抱怨乐队的话左拉的妈妈听到了多少,还有,左拉的妈妈和查理的妈妈在我们离开后会说些什么。我脑子里一直想着,她们是从小一起长大的,如今她们的关系改变了多少呢?

挤到人群前排后,我转过身看着她们,她们只是并排静静地站着,听着男孩们的演奏。我们中没有人接到鼓槌,但我看见马库斯给查理扔了一个吉他拨片。

三叶草节上直到最后一天才对大家开放的一个区域:

1. 三叶草地。

三叶草节举办期间,各个游乐场都人山人海,只有一片草地用绳子围起来(当然是用绿色的绳子),不允许任何人进入。我问凯特为什么我们不能进去,她说:"那是三叶草地,直到最后一天才能进去。那一天他们会让所有孩子一起进去找四个叶片的三叶草。"

三样你肯定会在三叶草地里找到的东西:

1. 草。
2. 土。
3. 成千上万只有三片叶子的三叶草。

一样你不一定能在三叶草地里找到的东西：

1. 一片幸运的四叶草。

"什么？！"当马库斯告诉泰德这个的时候，泰德说，"他们甚至都不从别的地方找一片四叶草混进去，好确保有人能找到一片？"

马库斯惊讶的表情就跟所有三叶草峡谷人（或者三叶草峡民？峡士？峡人？峡地人？）听到外地人对三叶草节表示困惑时一样。"不。"他一字一句地对泰德解释道，"那是作弊。有那么几年，的确没人找到四叶草，但如果你真的找到了，在大家眼中你就是整个三叶草峡谷镇这一整年最幸运的孩子。"

泰德觉得这是他有生以来听过的最蠢的话，不过这与他无关，反正他也不能参加寻找四叶草大赛（比赛只限十二岁以下的孩子参加）。

妈妈好像觉得这活动很有意思，爸爸则觉得这是他遇到过的最酷的事情。听到寻找四叶草大赛上可能永远也不会出现四叶草的消息后，爸爸好像彻底变成了一个三叶草峡谷人（我选了"峡谷人"这个称呼）。

而且很显然，我必须要参加这场大赛——爸爸为此兴奋得不得了。

既然现在我已经敢于表达自己，那么我有三件事想教给这里的孩子：

1. 怎么玩壁球。

2.《父母就是不明白》和《据我们所知这是世界末日》的全部歌词。（这两首老歌是米莉的爸爸听过的，有一天放学后我们觉得很无聊，他就帮我们记住了这两首歌的歌词。）

3. 怎么辨别奇闻轶事。

我决定从最后一项开始，因为这里的所有人看起来都有点为四叶草的事情着魔了。

有四个关于寻找四叶草大赛的故事，镇上的人相信它们百分百是真的：

1. 有一年，找到四叶草的孩子在比赛当天被宠物乐园的一匹马踢到了，但她身上连一块瘀青都没有留下。

2. 另一年，找到四叶草的孩子在全镇拼写比赛上拿到了冠军。

3. 在一个神奇的年份，大赛的冠军找到了一片五叶草，这寓意幸运和财富将会降临，第二天，她家就中了五百美元彩票。

4. 从没有人找到过六叶草，但如果真有人找到了，就尽管激动吧，因为每个人都知道六叶草会让人出名。

我试图从三个方面来解释这些奇闻轶事：

1. 事实上没人能回忆起这几个四叶草大赛赢家（马蹄下的幸存者、拼写大王、彩票中奖者）的名字，所以这些故事看起来很可疑。

2. 奇闻轶事的标志之一，就是没人能记得这些事到底发生在谁身上，或者每个人都说这事发生在"我表哥的朋友""我邻居的阿姨"之类的人身上。

3. 奇闻轶事只是传说而已，是编出来的故事，只不过大家希望是真的罢了。况且，谁听说过六叶草啊？

把我的解释听进去的人：

1.……

没人。似乎没有人关心我那些符合逻辑的解释，甚至对一切持怀疑态度的凯特都不关心。哦，好吧，就算朋友们不听，我也很高兴至少我试过了。（事实证明，只要多尝试几次，说出自己的想法也没那么难。）

尽管心有疑虑，我还是决定去参加寻找四叶草大赛，原因有两个：

1. 在三叶草峡谷镇，对于十二岁以下的孩子来说，三叶草节的最后一天，除了参加寻找四叶草大赛真的没什么别的好做的。

2. 我必须承认，我还是有点好奇的。

在大赛开始前，我们被告知要遵守的三条规则：

1. 走路时要绕着三叶草，尽量不要踩到它们。

2. 请和其他参赛者保持至少一米的距离。

3. 如果你找到了一片幸运四叶草，要小心翼翼地摘下它，再举过头顶大喊："四！"大赛评委会到你身边来鉴定。（我发现爸爸一脸嫉妒地看着那些戴着徽章的评委。我知道他在琢磨明年怎么才能当上评委。）

比赛开始前每个孩子都拿到的一样东西：

1. 一个塑料放大镜。（还有一条规则：只能使用这些标准配置的放大镜。任何其他偷偷带进比赛的放大镜都会被没收。嗬！）

三个似乎在大赛中有优势的孩子（我之所以这么觉得是因为我记得关于他们的一些奇怪的细节）：

1. 埃里克·纽兰德。（九月时，我偶然听到他对其他孩子吹牛，说在学校检查视力的时候，他的视力比2.0还好。）

2. 邦妮·迪亚兹。（她是找单词游戏女王。在下雪的日子里，我们都被困在室内哪儿也去不了，午餐巡视员就会用纵横字谜和找单词之类的游戏让我们打发时间。邦妮总是能一下子找到单词。据我观察，找四叶草就跟找隐藏的单词差不多。)

3. 布丽吉特·罗尼。(这里的人都极力想说明三叶草节和圣帕特里克节以及别的爱尔兰习俗不同，但我觉得布丽吉特不一样，她非常喜欢自己的爱尔兰裔身份。昨天在排队玩旋转椅的时候，我听见她对另外几个女孩说："我必须让我的祖先为我骄傲，那片四叶草是我的！"再次，嘀！)

三个似乎没希望胜出的孩子：

1. 克拉克·米德尔顿。(他有严重的季节性过敏症。我不认识他，但我注意到自从三月中旬以来，他每天都在学校外面冷不丁地打喷嚏。我无法想象在不停打喷嚏的情况下，怎么才能在草地里保持专注。说实话，我很惊讶他的父母会让他来参加比赛。这也让我意识到寻找四叶草大赛在三叶草峡谷镇真的是一件很隆重的事情。)

2. 艾米莉亚。(三叶草地很泥泞，但所有人都跟我说，如果你真的想找到一片四叶草，就必须花好多时间跪在地上找。你可能已经猜到了，艾米莉亚并不是愿意弄脏自己衣服的人，所以我完全看不到她赢得比赛的希望。当然，大家都为三叶草节疯狂，什么事都有可能发生。)

3. 我。(新手劣势。我从没有参加过大赛，也没在其他地方找过四叶草。而且,我对这场比赛的兴趣和动力比其他对手要低很多。)

寻找四叶草大赛开始前的三个仪式:

  1. 三叶草合唱团演唱国歌。

  2. 镇长简短回顾三叶草节的历史。

  3. 剪断三叶草地入口的丝带,同时一声令下:"找到那片四叶草!"(这声命令是三叶草委员会主席喊的。)

  随着这声号令,喇叭开始大声播放《我在寻找一片四叶草》,我们这些小孩被放进那片巨大的"绿色狩猎场"。

丝带被剪断后,我的朋友们分别采用的四种搜寻策略:

  1. 查理和左拉:以最快的速度跑到了草地另一边,宣布占领距离人群最远的那片草地。

  2. 扎克:一头栽进草地里,开始举着放大镜爬着仔细搜寻。

  3. 艾米莉亚:在草地边缘找一块阴凉的地方,折叠好一条绣着她名字的沙滩浴巾,坐在上面开始细细打量地上的草。

  4. 凯特:等人群散开后,开始耐心地在入口附近一块被踩得烂糟糟的草地上搜寻。

  而我呢?跟平常一样,我的注意力都被身边的人吸引过去了。对我来说这里值得看的东西太多了，很难把注意力集中在地上。

当其他孩子在草地里乱成一团的时候，我注意到的几件事：

1. 埃里克·纽兰德高高地、直直地站在草地里，打量着草地中间的一块地方。（我猜如果你有超过 2.0 的视力，不用弯下腰就能找到四叶草。）

2. 布丽吉特·罗尼像一只巨型甲壳虫一样弓着身子趴在草地上，她的脸距离地面只有几厘米，她每动一下，头巾上别着的三叶草天线就弹一下。

3. 邦妮·迪亚兹不停地摘下一片片草仔细检查，每次她这么做都让其他孩子一阵紧张。

4. 可怜的克拉克·米德尔顿对着自己的放大镜打了个喷嚏，正在努力把它擦干净。

5. 奥尔布赖特先生和泰勒护士正肩并肩站在场地边上，笑眯眯地喝着三叶草奶昔。

6. 妈妈正和凯特的妈妈闲聊，时不时拍几张全景照。

7. 爸爸在三叶草委员会的台子前，正在一个写字板上签字。

8. 泰德正朝马库斯扔飞盘。他扔得太用力，马库斯没接住，飞盘直接从人群上空飞了过来，越过三叶草地周围的丝带，落到了距离我大约半米的地方。

弯腰去捡飞盘的时候,我没看见的两样东西:

1. 一片幸运四叶草。

2. 一片五叶草。

弯腰去捡飞盘的时候,我看见的两样东西:

1. 一丛普通三叶草。

2. 一片六叶草。

摘下那片六叶草检查时,我听见了四个声音:

1. 一开始只有我自己心里的声音,默数着确认:一、二、三、四、五、六。一、二、三、四、五、六。

2. 泰德大喊:"安妮,你在干什么?把飞盘扔回来!"

3. 我爸爸说:"我觉得她找到了什么东西。"

4. 镇长和三叶草委员会主席说:"小姑娘,怎么了?你找到什么了吗?"

一个我很难清晰回想起来的人生时刻：

1. 当时那一刻，我成了三叶草节有史以来第一个在大赛中找到六叶草的孩子的那一刻。

我记得的七件事：

1. 三叶草委员会的十位委员飞快跑过来确认我的发现。
2. 我被带到一个舞台，镇长在台上宣布我找到了三叶草峡谷镇有史以来第一片六叶草，这会让我和整个镇子都出名。
3. 我爸爸满脸笑容。
4. 我妈妈全程都把一只手放在我的肩膀上。
5. 泰德大喊："那是我妹妹！"
6. 很多人在拍照。
7. 三叶草委员会主席接过那片六叶草，对我保证等它被"妥善保存"后就会还给我。

其他部分我很难回想起来，有四个原因：

1. 一切都发生得太快了。
2. 现场真的很吵。
3. 周围人太多，我没法仔细观察其中任何一个。
4. 我一直在思考。

我当时在思考的四件事情：

1. 这太疯狂了。
2. 还有点好玩。
3. 这也有点吓人。
4. 这下我很难藏在人群里不被注意了。

一个人打断了我的思绪：
1. 艾米莉亚。

艾米莉亚说了三句让我瞠目结舌的话（妈妈有时会用"瞠目结舌"这个词，意思就是很让人惊讶）：
1. 祝贺你。
2. 在我们家，你已经因为昨晚回呛霍普的事出名了。以前从没有人那么做过。
3. 谢谢你没告诉她我吐了。

"但也许我应该告诉她的。"我说，"那样她就会体谅你一些。"

笑完后，艾米莉亚又说了七句话：
1. 除了自己的难处之外，霍普从来没体谅过别人的难处。
2. 霍普昨晚被我气炸了。
3. 很抱歉我提前走了，但我昨晚实在不想再在三叶草节上多待了。

4. 我在回家路上非常忐忑,但我妈妈给我鼓了劲,告诉我霍普需要自己迈过这道坎。

5. 那套跳砸了的操可能是她经历过的最糟糕的事情。

6. 我得看看能不能弄到一段她跳操的视频。

7. 你想和左拉还有我一起去喝点三叶草奶昔吗?

那一刻我感觉我们好像迎来了一个历史性的转折。艾米莉亚邀请我和她以及左拉去做一件事……这在以前可从来没有发生过。

在我们去奶昔摊跟左拉碰面的路上,我决定不要提起的三件事:

1. 这个学年艾米莉亚对我不友好的次数。(她已经尽力了,这一点我必须承认。让过去的都过去吧,我爸会这么说。)

2. 我在她房间里看到的那本《A 和 Z》相册。(凯特的推断是正确的:艾米莉亚对我那么冷淡,是因为一直以来她和左拉关系都很亲密,她很难接受我进入她们的小圈子。我知道如果我还在布鲁克林,有个新搬来的孩子突然间和米莉成了好朋友,我也会有同样的感受。想想看,米莉在我离开后交了新朋友让我多难受啊。)

3. 我并不喜欢三叶草奶昔。(现在气氛好极了,似乎不适宜指出奶昔有股苦苦的后味。毫不意外，这里的人都爱极了三叶草奶昔。）

寻找三叶草大赛结束后回家的路上，我家人的五个感慨：
1. 爸爸：今天真是超赞的一天啊！这真是个超赞的小镇！
2. 泰德：所谓出名其实是你自己的功劳，不是吗？我是说，找到一片六叶草当然会让你出名，这种事太少见了，最后人人都会知道。但它并没有魔法。（我必须承认他说的有道理。）
3. 妈妈：你还好吗，安妮？你安静得有点反常。
4. 我：我很好。我一直都这么安静！
5. 泰德：不，你不会再那么安静了。

妈妈回过头，微笑起来。她知道泰德是对的：我不再是那个安静的小女孩了。但那一刻我真的没什么好说的，这一天已经够疯狂了，而且未来的日子还将更加疯狂。

回到家的时候，我大概预料到会看到以下三种人：
1. 一群记者。
2. 一支游行乐队。
3. 一群摄影师。

回到家的时候，我没料到会见到的一个人：

1. 米莉。

但她就在那儿，坐在我们家门前的台阶上，拿着一个包裹。她的妈妈和爸爸站在院子里，打量着那些灌木。

在场的大人们说出的第一句话：

1. 爸爸：嘿，看看谁来了！
2. 妈妈：是你们！
3. 米莉的爸爸：嘿，你们好啊！
4. 米莉的妈妈：安妮，我们听说你是个名人了！

在那一刻，我想：哇哦，也许六叶草会让人出名的传说是真的。不然怎么解释他们这么快就得到了消息？

泰德的两句话把我拽回了现实：

1. 爸爸，你是不是把那片六叶草发在朋友圈了？（哦，是的，这就能解释得通他们怎么知道这件事了。）
2. 安妮，你不打算说点什么吗？

几个月以来我都想跟米莉说的五句话：

1. 为什么你不给我写信？
2. 为什么你不回答我关于夏洛特的问题？
3. 在布鲁克林到底发生了什么？
4. 你还是我的朋友吗？
5. 我还能再见到你吗？

至少现在我得到了最后一个问题的答案。

那一刻我唯一能想出来的一句话：

1. 你怎么来了？

米莉没有说话。这种让人尴尬的沉默持续了几秒后，她爸爸解释说他们要去看望亲戚，正好顺路经过我家，所以他们想可以来拜访一下，给我们一个惊喜。

我确实很震惊。

米莉打破沉默的话：

1. 嘿，安妮。
2. 我可以进你家看看吗？

在带米莉参观我家房子时,我说的几句话:

1. 这是客厅。

2. 这是餐厅。

3. 这是厨房。

4. 这是通往地下室的楼梯。

5. 外面是后院。

6. 楼上是卧室和卫生间。

你可以想象出那个画面,我几乎不算是在对话。用奥尔布赖特先生的话说,我言简意赅。

我言简意赅的原因:

1. 我脑子里还想着米莉没回复的邮件。

2. 我在琢磨她现在最好的朋友是不是夏洛特。

3. 我在琢磨为什么她让我带她参观我家,而不先解释清楚之前发生的事情。

米莉和我同时说出了两句话:

1. 米莉:我可以看看你的房间吗?

2. 我:为什么你不给我回信?

我重复了一遍:"为什么你不给我回信?"

米莉给出的不回信理由：

1. 我不知道说什么好。

2. 我知道如果告诉你真相，你会生气的——我的确是和夏洛特·德芙琳去看电影了。我不知道怎么跟你说，但她现在比以前好多了。我觉得可能是因为她现在戴牙套了？

当我告诉米莉她跑题了的时候，她因为我打断了她有点吃惊。但她说"好的"，然后接着说……

3. 看你的邮件，我感觉你在这里交了一帮新朋友，这让我觉得有点不是滋味。

最后她说："但你是对的，我应该给你回信的。我很抱歉。我可以给你看看我带来的礼物吗？"

我觉得米莉带来的包裹里可能装着的三样东西：

1. 布鲁克林的百吉饼。
2. 一条友谊手链。
3. 我的《世界吉尼斯纪录大全》，她借走后一直没还给我。

包裹里实际装着的两样东西：

1. 一个手形火鸡，上面写着"迟到的感恩节快乐"。

2. 一本大理石花纹封面的笔记本，就是搬家前我跟米莉刚开始用的互相留言的笔记本。

"打开它。"米莉说。

大理石花纹笔记本里的五十一条留言：

1. 第一页上，有我在布鲁克林给米莉写的最后一条留言。我只写了两句话："我觉得我在劳伦斯先生面前说了些不该说的话。午餐的时候跟你细说。"

2-51. 米莉在我离开后的日子里给我写的留言。

"在我经常给你回邮件的那几个月里，我没写几条留言。"看到我惊讶的表情后她说，"然后，在你问起夏洛特的那段时间，我开始为不给你回信心里不舒服，但又不确定该说些什么。但我一直坚持在上面留言，看见了吗？"她飞快地翻着笔记本。我能看见，她用可爱的尖尖的字体，把我走后在布鲁克林她身边发生的每件事都记录了下来。我知道之后我会花一段时间好好读完所有留言，但现在其中几页一下抓住了我的眼球：我们班里同学的名字、一张劳伦斯先生的搞笑漫画、一些星星和植物的涂鸦，还有几页用大写字母写着"对不起"和"啊！我多希望你在这里啊"。

从一年级起，我就不是个喜欢拥抱的人（米莉也不是），但在看到这本笔记本后，我伸出手，轻轻捏了捏她的手。她知道这个动作的含义，也回捏了我一下。

四件事打断了笔记本给我带来的恍惚思绪：

1. 门铃响了。

2. 电话铃响了。

3. 泰德说："老天啊，整个镇子的人都来找我们了！"

4. 妈妈对着楼上喊："安妮，你能下楼来吗？拜托了！"

我和米莉下楼后看到的八个人：

1. 左拉。

2. 凯特。

3. 艾米莉亚。

4. 查理。

5. 扎克。

6. 奥尔布赖特先生。

7. 泰勒护士。

8. 威尔森校长。他说："我们只是想顺路来祝贺我们的名人学生！"

我不太确定该说什么,但这也没什么关系,因为就在这时,爸爸走进来说:"电视七台来电话了,他们想要在今晚的《六点新闻》上采访你,听听你的故事。"

接下来大家提的八个问题:

1. 左拉:你要穿什么衣服上电视?

2. 艾米莉亚:你想要借我这套三叶草衣服吗?你应该穿得更三叶草风一点,你现在是个三叶草峡谷人了。(我是对的!"峡谷人"这个说法是对的!)

3. 凯特:你能帮我弄到那个天气预报员的签名吗?

4. 泰德:我们"小心峡谷"乐队能去现场伴奏吗?

5. 奥尔布赖特先生:如果他们问了什么你不想在直播上回答的问题,你可以回答"不予公开",知道吗?

6. 米莉(悄声说):这些人都是谁?

7. 爸爸:你想接受采访吗,安妮?

8. 我：我应该接受吗？我该说什么？

然后妈妈说了一句话，我早就知道她会这么说了："这完全由你自己决定，亲爱的。但我觉得你会表现得很棒的。做自己就好。"

对我来说到底什么叫"做自己"？自己是谁？有十个可能的答案：

1. 一个刚刚找到六叶草的五年级孩子。
2. 一个经常注意到很多细节，但找到六叶草仅仅因为飞盘掉在它旁边的孩子。
3. 一个不小心说出了家庭秘密的城里小孩。
4. 一个成功融入当地的三叶草峡谷人。
5. 一个妹妹。
6. 一个沉默的朋友，只在必须说话的时候说话。（我猜新闻采访就是那种必须说话的时候。）
7. 一个把艾米莉亚从结拜仪式中救出来的女孩。
8. 一个在三叶草节让霍普正视自己的女孩。
9. 一个米莉深深思念的人。
10. 一个刚刚学会怎么表达自己心声的孩子。

好吧，安妮，你能办到的，我想。"当然。"我说，"我同意接受采访。"

大家对我的决定做出的反应：

1. 欢呼。
2. 欢呼惹得我和凯特大笑起来，但好像有点过头了。
3. 妈妈和爸爸过来拥抱我。
4. 泰德打鼓。
5. 泰勒护士过来抱了我一下，然后说她和奥尔布赖特先生要先走了，今晚她会收看节目的。

"为什么他们要一起离开？"凯特看着奥尔布赖特先生和泰勒护士走出我家，悄悄问我。

"不予公开？"我说，"我觉得她是他的女朋友。"

成为"三叶草小孩"以后（这是新闻主持人给我取的名字），我的生活发生的七个变化：

1. 我得到了一大堆免费的东西，比如三叶草项链、T恤、袜子，甚至还有一个三叶草毛绒玩具。我把这些东西平分给我的朋友们。作为土生土长的三叶草峡谷人，他们对这些东西的热情比我大多了。左拉得到了那些项链，凯特拿到了三叶草牛仔布贴，扎克和查理得到了鞋带，艾米莉亚得到了铅笔（当然，是圆柱形的）。我自己留下了那个毛绒玩具，给它取名叫杰德。

2. 妈妈和爸爸更常出门了。在我找到六叶草后，镇上的每个人都认识了我家人，所以我爸妈交到了新朋友。而且，大家都对爸爸的三叶草食谱印象深刻（他的三叶草牛油果沙拉酱赢得了蓝丝带奖），其他人的父母邀请我爸妈加入镇上的晚餐美食俱乐部。

3. 妈妈的工作更多了。三叶草委员会的一个会员发现她是个平面设计师，就去看了她的网站。他很喜欢妈妈的作品集，请妈妈设计了委员会的所有周边产品：文具、横幅、艺术品。其他的当地组织也开始找妈妈干活。她一直跟我和泰德念叨，这些都是民间组织，预算有限，所以我们也没法靠这些发大财，但看得出来她还是很高兴能赚点外快。

4. 现在学校里的每个人都知道我是谁了，甚至高年级学生也知道。有一天威尔·加尔纳（六年级学生）在走廊里对我说："嗨，安妮。"我觉得当时艾米莉亚都快昏倒了。（她说他超帅的，她说得没错。）

5. 有生以来第一次，终于有我不认识的人认识我了。有一天，我和妈妈去药店，一个我以前从没注意过的女孩问我，能不能跟我自拍一张。这绝对是生平头一次。

6. 随着我认识的人越来越多，我也越来越不怕跟他们说话了。

7. 现在米莉给我写信的次数比我给她写信的次数多，但这并不是因为我出名了，而是因为我们又是好朋友了。我也不是因为生她气才少给她写信，只是我这些日子比较忙。我没有像在布鲁克林时那样只有一个"最好的朋友"；也没有像我曾经以为我需要的那样拥有任何"储备"好友——他们都是我的朋友。而你拥有的朋友越多，你要做的事情就越多，所以用来写邮件的时间就有限了。

成为"三叶草小孩"后，我的生活中有五件事一如既往：

1. 每天晚上我还是要帮着洗盘子。

2. 尽管妈妈接到了更多订单，我们还是不确定高速公路工程结束后爸爸的工作会怎样。但随着时间的推移，他好像对此也越来越不在意了。"政府的文件会让这些工程永远持续下去。"他一直这么说。我们走着看吧。我不像以前那样总想着会不会搬回布鲁克林了，泰德也不再问了。我们都没有明说，但我想我们可能都不介意留在这里。

3. 我还是很容易遇到尴尬的事情。（这么说吧，我得到了一个教训：不能把嚼过的泡泡糖粘在耳朵后面，我不是《查理和巧克力工厂》里的薇尔莉特·博雷加德。）

4. 泰德还是会取笑我做的傻事。（泡泡糖事件后，他一直叫我嚼嚼或嚼嚼果。）

5. 我还是没有手机。

我最喜欢的泡泡糖口味：

1. 西瓜味。

2. 葡萄味。

3. 野莓味。

4. 草莓奇异果味。

暑假开始的时候，我在池塘营地对凯特、左拉和艾米莉亚坦白了三件事：

1. 我很怕熊。

2. 我之前很担心在三叶草峡谷镇交不到朋友。（"但是你交到了！"艾米莉亚说。）

3. 我的记忆力非常好，但记的都是些奇怪的东西。（"我们有所察觉了。"凯特说。"是的。"左拉补充道，"你最近比以前爱说话了，你记得好多不可思议的细节！"）

在我坦白了自己的超强记忆力后发生的事情：

1. 什么也没有发生。原来根本没人觉得我的记忆力很诡异（可能泰德除外）。

我的七个暑假计划：

1. 完成妈妈的读书挑战，很快我就可以打耳洞了！

2. 练习罚球，这样我就能在玩街头篮球的时候打败泰德了。

3. 在镇上的池塘里学潜水。

4. 去布鲁克林看望米莉。(妈妈说我们可以去那里过国庆,因为在米莉家的屋顶看烟火表演视野超棒。能去和老乐队的朋友一起玩,逛逛最喜欢的音乐商店,泰德也很兴奋。他跟马库斯说,他会给他带几个新的吉他拨片回来。)

5. 帮凯特背她在戏剧营要说的台词。她觉得我能胜任,因为我的记忆力很棒。我告诉她我的记忆力并不适用于这个领域,但她仍然认为我是最佳人选。

6. 和艾米莉亚约好一起给在牙买加过暑假的左拉写信。左拉要在那里和爷爷奶奶住一个月,她说我们必须每天给她写信,但我们跟她说一周一次就差不多了。(能看得出来,艾米莉亚很难跟左拉有话直说,但我觉得她已经比以前做得好了。)艾米莉亚已经准备好了给左拉写信用的信纸,每张纸的页眉都画着一片小小的三叶草,还写着"从 A^2 到 Z"的字样。

7. 和佩阿姨一起去我们家的"专属"海滩——鹪鹩岛。有一天我收到了她的邮件,说她已经等不及要听我讲讲感恩节见面后发生的所有事情和我在三叶草峡谷镇的一切奇遇了。

这一年发生了这么多事情,我真不知道从哪里下笔。

我想最好先列个清单。

致 谢

那些让安妮的生命更丰满的人：

1.感谢每个从一开始就告诉我我是个作家的人。从我的父母开始：妈妈玛丽·露·凯姆·麦克琴，她觉得我的想象力无与伦比，在我能自己用笔写字之前，是她帮我记录下了我最早想出的那些故事。爸爸霍华德·麦克琴，他的鼓励和对文字极富感染力的热爱深深激励了我，点燃了我童年时代的写作热情。

2.感谢凯文·麦克琴，他是我人生中遇到的最有趣的人，我最棒的啦啦队长，同时也是最佳的童年伙伴。和安妮一样，他就像一本记忆百科全书，我很感激他与我分享了那些记忆。（小说明：他在安妮掉坑之前就骑着自行车掉进了坑里。）

3.感谢简和萨曼莎·麦克琴，感谢她们的善良和书虫般的坚韧与热情，陪伴我走过每一座里程碑。

4.感谢这些年来所有接纳我、鼓励我并给予我创作灵感的人们。（这是在说你们，斯坦福家的孩子、拉斐特一家、麦克卡尔家的姑娘们，还有布鲁克林的妈妈们。）

5.感谢我橘子枫林镇的邻居们，那些永远热情洋溢、慷慨宽容并抚慰人心的女士。（真的，如果没有你们，我该怎么办？）

6.感谢北卡罗来纳州圣福特市、拉斐特学院和河岸街教育学院出色的老师们，是你们的耐心和智慧培养了我的文学热情、求知欲，以及对好故事的理解与探索。

7.感谢梅丽莎·沃克——我亲爱的朋友，从北卡罗来纳州到纽约的好姐妹，我的写作导师，安妮故事雏形最早的阅读者。她全心全意地读懂了这本书，而且四处寻找与她有同感的读者。

8.感谢我的写作经纪人——杰尔耐公司的沙拉·伯恩斯，她通过温和又敏锐的提问让安妮的故事更加清晰。还有她的同事罗根·加里森·萨维茨，我非常感谢他发掘了本书手稿，并一路给我支持和指导。

9.感谢茱莉亚·马奎尔和克诺普夫出版社的童书团队，在他们的支持和引导下，安妮的故事变得更加丰富，比我最初能想到的要丰富得多。茱莉亚的指导让一个人物、一座小镇和一个作家都得到了成长。

10. 感谢艾玛·史密斯,在很久以前我就格外珍视我们的友谊,我们对童书的共同热爱(和共同的写作梦想)更加固了这份友谊。"评论小组"好像不足以形容艾玛、艾瑞尔·伯恩斯坦、艾利·博维斯和凯蒂·豪斯。她们出色的见解、富有创造力的故事构想和共同的写作苦恼,以及关于熊猫的笑话,都是每天出现在我收件箱里的礼物。

11. 感谢丽贝卡·克兰,她为本书美国版创作的美丽的插图准确地描绘了安妮的形象,那就是我闭上眼在脑海中想象的安妮。我惊叹于她的才华。

12. 感谢露西·刘易斯和爱丽丝·约瑟芬·马霍尼,感谢你们每天给我带来无数的笑声、拥抱和启发灵感的小故事。看着你们姐妹一起长大是多么美妙啊!就像你们还是小宝宝的时候我跟你们说过的,我这一生都在等待你们的降临(这种等待是值得的)。

13. 感谢维伦·马霍尼,你仍然是我生命中的阳光。我最想感谢的就是你。

ANNIE'S LIFE IN LISTS
Text copyright © 2018 by Kristin Mahoney
This translation published by arrangement with Random House Children's Books, a division of Penguin Random House LLC
Simplified Chinese translation copyright © 2021 by Thinkingdom Media Group Ltd.
All rights reserved.
著作版权合同登记号：01-2021-0111

图书在版编目（CIP）数据

清单女孩 /（美）克里斯汀·马霍尼著 ；肖楚舟译 . —— 北京 ：新星出版社，2021.7（2023.8 重印）
ISBN 978-7-5133-4417-3
Ⅰ . ①清… Ⅱ . ①克… ②肖… Ⅲ . ①儿童小说-中篇小说-美国-现代 Ⅳ . ① I712.84
中国版本图书馆 CIP 数据核字（2021）第 058840 号

清单女孩
[美] 克里斯汀·马霍尼 著　肖楚舟 译

责任编辑	汪　欣
特约编辑	李　爽　王雨萱
插　　图	画言所
装帧设计	李照祥
内文制作	王春雪
责任印制	李珊珊　史广宜

出　　版	新星出版社　www.newstarpress.com
出 版 人	马汝军
社　　址	北京市西城区车公庄大街丙 3 号楼　邮编 100044
	电话 (010)88310888　传真 (010)65270449
发　　行	新经典发行有限公司
	电话 (010)68423599　邮箱 editor@readinglife.com

印　　刷	河北鹏润印刷有限公司
开　　本	850mm×1168mm　1/32
印　　张	7.5
字　　数	80千字
版　　次	2021年7月第一版　2023年8月第二次印刷
书　　号	ISBN 978-7-5133-4417-3
定　　价	35.00元

版权专有，侵权必究；如有质量问题，请与发行公司联系调换。